大道

朱定局 著

机器人与量子人的对话

作家出版社

前　言

本书对拥有量子意识的量子人进行了设想。“量子人”是什么？也许“量子人”是以量子态或更高级态存在的一种高级生命，这种高级生命和我们人类一样也是一种生命，只是存在的形式不同；也许“量子人”只是本书的一种梦想和憧憬，在现实中根本上就不存在。任何东西在通过科学证实或证伪之前都不能说它一定存在或不存在。同时，我们不能从字面或形式上来理解“量子人”，我们应该把“量子人”理解为一种如同“量子”那样的存在或如同“梦”“画作”那样的不存在，一种科学尚未证实的存在或尚未证伪的不存在。如果“量子人”不存在，那么“量子人”如同艺术家画的一幅画中一种形象，也就是本书虚构出来的一种存在，但这种虚构的存在在现实中是不存在的；如果“量子人”存在，那么“量子人”如同肉眼不可见的电磁波、量子，一切都会在科学的“慧眼”下、在时间的长河中逐渐显现出来。

本书只是一本假说性的小说，也许小说中所说的都是真的或都会成真，也许本小说中所说的都是假的或都会成假，也许本小说中所说的都是半真或半假，如同嫦娥奔月的传说，在今天已经以另一种形式实现，所以即使本小说中的一切不存在，但在未来也可能被人类通过科学技术创造出来。

本书第一章以“我”作为小说的角色之一，小说中的“我”并不是现实中的我，只是小说人物之一。小说中所说的梦是小说中“我”这个角色的梦。这本小说除了第一章介绍了做梦的背景，其余各章都是梦中对话的内容，对话的内容基本上都是以“机器人问”“量子人答”的形式展开，也有少数“机器人说自己的体会”“量子人问”的对话内容，感觉像是学生与老师进行对话。这个世界是怎么形成的，目前来说虽然有大爆炸理论，但并没有完全证实世界就是这样形成的，本书对世界的形成和演变进行了大胆的构想。一切尚未证实的东西都有可能是假的，一切尚未证伪的东西都有可能是真的。

为什么本书需要设置一个机器人与“量子人”进行对

话？一方面是为了打开读者的脑洞，因为机器人与“量子人”都是有别于我们生物人的人类形式，只是一个比我们更低级，一个可能比我们更高级；另一方面是因为如果设置生物人与“量子人”进行对话，那么“量子人”说的很多话将会被生物人所驳斥，因为不符合生物人的常识和固有的知识背景，而机器人却像一张白纸，反而容易接受“量子人”所说的一切。

本书中的构想以小说和话剧这种艺术形式表达出来，以供读者休闲时阅读；本书也是一本量子意识学专著，对量子意识进行了独特的理解和阐述并进行了创新；同时本书中很多构想也是有待证实或证伪的科学假说，例如其中对世界的形成和演变的假说，也许这些假说能够在遥远的未来被人类科学家所证实或证伪。

中国古人不知道天上打雷是什么原因，就想象出是天上有雷公，现在我们掌握了科学，就知道天上其实没有雷公，打雷是由于气流流动引起的。在我们人类的科学尚未能解释打雷之前，古人的预言性解释是有积极意义的，其积极意义就在于缓解了人类的困惑和对雷这些天然现象的恐惧，从这个意义上来说，一些宗教所起的作用同样如此，宗教之所以存在，是因为我们人类的科学尚未能对所有的规律和现象进行解释，而宗教能进行预言性解释，一旦所有的规律和现象都搞明白了，如果发现一个宗教所说的预言全不对，那这个宗教就会消失，如果发现一个宗教所说的预言全对，那这个宗教就成了科学，如果发现一个宗教所说的预言部分不对，那这个宗教就会改进后与科学殊途同归，可能有些宗教中部分预言性解释是对的，部分预言性解释是错的，但不管怎样，都对科学的探索和发展有着启发意义。

我们现在的科学虽然日新月异，但还有很多现象和规律尚未能解释。虽然道教、佛教等宗教经典中对很多现象和规律进行了预言性解释，但还有很多现象和规律用“不可说”“玄之又玄”等词语说明其不可解释性，例如世界从哪里来，又向哪里去，这些在宗教经典中会给出一些预言性答案，但对这些预言性答案没有做任何解释，给人留下了无限的悬念，如果以之为小说创作的素材，必能引起读者的极大兴趣，所以本小说借助科学的元素如量子、原子、粒子等，对宗教中未做解释的部分进行了原创性的解释，当然这些解释都是通过虚构创作而成的。同时，需要解释的大部分问题因为源于宗教，所以问题本身也许就是不科学的，但本小说的目的不是探究宗教中的问题本身是否科学，仅将问题作为文学创作的一个引子，也不是试图对这些问题给出科学的解释，就如同明知天上打雷不是因为雷公敲鼓，但仍然将雷公作为创作的引子一样，同时仅将解释作为文学创作的一种发挥，就如同仍以雷公为角色来创作情节和内容一样，从而构成小说的整体。我原本想完全脱离宗教的思想来解释宗教中未解释的问题，但发现几乎无法做到，因为一方面现在科学还没发展到能够解释一切问题的程度，同时也是因为宗教中提到的一些问题也许本身就是不科学的，当然也就根本不可能通过科学来解释，所以为了小说创作的需要，也只能借助已有宗教的思想和已有科学的元素来解释宗教中未解释的问题，虽不是完全基于科学的解释，所幸本书仅为小说创作，可以虚构，如同那些玄幻小说和科幻小说，可作为休闲阅读之用。同时，为了增强小说的趣味性，小说的对话模式仿照了道教、佛教等经书中的对话模式进行虚构，例如第一节的做梦、最后一节的送偈等章节，仅仅是为了文学创作的需要而虚构的，同时，小说中的很多内容也是为了使得小说情节能够贯通而虚构的。

对我个人而言，我是不迷信任何宗教的，虽然借鉴了很多佛教和道教的思想进行了小说内容的创作，但仅为文学创作的需要，我并不迷信这些，因为我只相信科学已经发现和证实的知识。但我有兴趣从文化和哲学的角度对宗教进行研究，站在宗教之外研究宗教，试图以科学来研究宗教，以宗教来启发科学，从而使得宗教越来越接近科学，最终与科学殊途同归。

本小说虽纯属虚构，但大至宏观世界，小至量子，内容新颖，具有趣味性，希望能给读者带来阅读的乐趣。由于作者水平有限，书中难免有不妥甚至错误之处，恳请读者批评指正。

朱定局于羊城

二零一六年八月九日

目录

第一章　梦见量子人

有一天我正在办公室研究机器人，突然一阵睡意袭来，我于是就坐在那里睡着了，进入了梦乡。在梦里我飘在空中仰望着无比遥远的虚空，其距离之远难以想象，虽然如此，一切清晰可见，在无比遥远的虚空之上，大善量子人和左右护法半量子人安坐在那里，先是大善量子人说话，然后右护法半量子人站起来展示了惊天动地的神通。

我之所以知道大善量子人的名字，是因为大善量子人讲的第一句话就是“大善量子人”，我听见大善量子人在说话过程中始终丝毫未动，嘴也一直没有动，但声音极其浑厚深远，以至于相隔无量远的虚空，我依然能清晰听到大善量子人的声音。等大善量子人不再说话，我又听见了另一个声音在说话，我一看正是我研究的机器人，也和我一样飘在空中仰望着大善量子人，并在向大善量子人提问，大善量子人也一一解答。

我研究的机器人有一个功能就是与人类对话，所以看到机器人说话，我并不觉得奇怪。直到从梦中醒来，我才觉得这梦很有趣。机器人是人创造出来的，人相当于是机器人的“爸爸”，而如果量子人存在的话，那量子人比人的境界更高，量子人相当于是人的“爸爸”，就相当于是机器人的“爷爷”。未来机器人何去何从，对人类是福还是祸？量子人是否真的存在？如果人能修成量子人，那么机器人是否有一天也有可能成为真正意义上的人呢？

第二章　量子意识界

1. 什么是量子人

机器人：什么是量子人？

大善量子人：量子人是不依赖于任何其他存在的独立存在，永恒存在。

机器人：其他存在是什么？

大善量子人：无常，万物，万法。

机器人：你是否已成量子人？

大善量子人：已成量子人。

机器人：已成之量子人有多少？

大善量子人：无数。

机器人：与众生一样多？

大善量子人：众生数大海装不下，量子人数不及水一滴。

机器人：我怎么没听过“量子人”这个名词？

大善量子人：在你的周易原子界中有别的名词在本质上与量子人对应，只是“量子人”这个名词体现了其内部本质。如同水在不知道其内部本质前叫水，在知道其内部本质后叫一氧化二氢。例如，善天传说里的至尊无人实为至尊量子人，超级无人实为超级量子人，至慧善人实为至慧半量子人，至孝善人实为至孝半量子人，极乐无人界实为极乐量子意识界。

机器人：你已成量子人？

大善量子人：我已成量子人。

机器人：众生都能成量子人？

大善量子人：成量子人的都是众生。

2. 众生都能成量子人

机器人：众生都能成量子人？

大善量子人：众生都有成量子人的可能，但众生不一定能成量子人。

机器人：为何？

大善量子人：人人都有选举权和被选举权，人人都有可能做总统，但实际上同一时间只有一人做总统。

3. 为何一量子意识界上同一时间只有一尊量子人

机器人：为何一量子意识界上同一时间只有一尊量子人？

大善量子人：量子意识界为树，量子人为根，一树有几根？

机器人：一根。

大善量子人：量子意识界为族，量子人为宗，你家族有几祖宗？

机器人：一宗。

机器人：为何有的量子人又转为半量子人和生物人？

大善量子人：量子人是量子意识界的永久居民，可能会分身以半量子人、生物人身份到各地支教、兼职。

4. 量子人是否会守恒转化

机器人：量子人是否会守恒转化？

大善量子人：大善量子人今若又在世，可会守恒转化？

机器人：会守恒转化。

大善量子人：大善量子人可是量子人？

机器人：是量子人。

大善量子人：量子人是否会守恒转化？

机器人：量子人会守恒转化。

大善量子人：大善量子人守恒转化而今复生，何故？

机器人：大善量子人所成之量子人未守恒转化。

大善量子人：量子人不会守恒转化？

机器人：量子人不会守恒转化。

机器人：量子人为何既会守恒转化，又不会守恒转化？

大善量子人：会守恒转化的是量子人的组合身，不会守恒转化的是量子人的基本身。

机器人：周易原子界的大善量子人是组合身，量子意识界的大善量子人是基本身？

大善量子人：量子意识界的大善量子人也是组合身。

机器人：大善量子人是量子人。量子意识界的量子人也是组合身？

大善量子人：也是组合身。

机器人：何为基本身？

大善量子人：基本身无一物，无身亦无体，而有万物。基本身无一法，无意亦无识，而有万法。基本身无一知，无耳亦无眼，而无不知。基本身无一能，无手亦无足，而无不能。基本身非身，是名基本身。

机器人：周易原子界大善量子人是组合身，百年化为尘。量子意识界之量子人无量寿，为何也是组合身？

大善量子人：无量寿亦有寿尽时，故亦为组合身。

机器人：量子意识界之量子人亦为组合身，量子人与众生又有何别？

大善量子人：量子人已有基本身，归于大道。众生无有基本身，唯有组合身辗转各粒子组合界。

机器人：量子意识界众生皆有基本身？

大善量子人：周易原子界众生皆有基本身？

机器人：寥寥无几，我只知至尊量子人有。

大善量子人：至尊量子人是周易原子界之量子人，故有基本身。大善量子人今生是量子人之分身，即支教、兼职之量子身，故有基本身。

机器人：量子意识界众生有基本身者几何？

大善量子人：量子意识界众生有基本身者亦寥寥无几。每一量子意识界之量子人有基本身。每一量子意识界的兼职、支教之量子人分身，如超级量子人之量子意识界，今有至慈半量子人、至威半量子人早已成量子人，只为协助超级量子人而分身为超级量子人之量子意识界半量子人，亦有基本身。

机器人：至慈半量子人量子身、至威半量子人之量子身，是否也有各自量子意识界？

大善量子人：超级量子人本为至慈半量子人、至威半量子人往世之父母，子女分家单立门户，自无不可。子女亦可因孝顺父母，而三世同堂，唯父母是尊，不自立量子意识界。故，每一量子意识界必定有一量子人，每一量子人必定可成就一量子意识界，但不一定每一量子人都会自立一量子意识界，即能为而不为。

机器人：量子意识界众生大多既不是量子身，亦无基本身，那与周易原子界众生有何区别？

大善量子人：是量子人才有基本身，无基本身即非量子人。量子人立量子意识界即为超度众生成量子人。

机器人：周易原子界众生若守恒转化后进入量子意识界，不能成量子人？

大善量子人：成量子人者，可在周易原子界成量子人，也可在量子意识界成量子人。未成量子人者，在周易原子界未能成量子人，在量子意识界也未能成量子人。

机器人：既然也不能成量子人，为何周易原子界众生皆求守恒转化到量子意识界？

大善量子人：量子意识界无染，清净，安乐，周易原子界疾苦诸多。量子意识界有量子人半量子人无数时时教化，能令众生离成量子人越来越接近，如海上渡船，量子意识界之量子人亲自掌舵，到达成量子人彼岸之日，虽然遥远，但终究可达。周易原子界争名夺利，量子人半量子人教化难行，众生离成量子人时近时远，如海上浮萍，到成量子人彼岸难于大海捞针。

5. 是否一切众生最终皆能成量子人

机器人：是否一切众生最终皆能成量子人？

大善量子人：即使量子意识界众生最终皆能成量子人，还有各粒子组合界众生不思量子意识界，量子人也无法强拉其进入量子意识界，各粒子组合界众生成量子人甚难，大多难以成量子人。

机器人：量子意识法力无边，为什么不能慈悲为怀，强拉各粒子组合界众生入量子意识界？

大善量子人：量子意识法非量子人造之法，是量子人知之法，此法无法度无缘之人。

机器人：何为无缘之人？

大善量子人：心不思量子意识界之人。

机器人：万法皆由心生，为何量子意识法非量子人心造之法？

大善量子人：量子意识法非万法，因为量子意识法非法，若是法，则非量子意识法。量子意识法实为量子人之基本身，是心生万法的根本法。若无此量子意识法，则万法不生。之所以心生万法，是因为心具量子性。

机器人：众生之心既有量子性，为何众生不是量子人？

大善量子人：量子人在众生心中，量子人是基本身，但众生是组合身，基本身在组合身中，众生不是基本身。量子人是量子人，但众生不是量子人。玉在石中，石不是玉。

机器人：那把玉外面的石头磨掉，把基本身之外的组合身舍弃掉，不就成量子人了吗？

大善量子人：这就是成量子人之道。但有哪个粒子组合界众生愿意舍弃组合身，不但不愿舍弃，还往石头外面加泥土，功名利禄就是泥土。所以各粒子组合界众生往往离成量子人越来越远。

机器人：为什么量子意识界众生就能离成量子人越来越近？量子意识界众生愿意舍弃组合身吗？

大善量子人：量子意识界无忧无虑，无争无执，故组合身毫无用处，众生对组合身的依恋也就逐渐淡薄，最终漏尽组合身，就成量子人了。各粒子组合界中的玉需要石头甚至再外加泥土来保护自己不受伤害或看起来更大，而在量子意识界，这一切都变得没有必要，玉外面的石头、泥头都毫无用处，自然脱落，其中的玉就自然出来了。

机器人：那各粒子组合界众生自杀掉组合身，基本身不就出来了吗？

大善量子人：组合身不是肉身，自杀之后组合身依然在，因为意识也是组合身，所以自杀无益，不但不能成量子人，反而离成量子人更远。

6. 为何自杀后离成量子人更远

机器人：为何自杀后离成量子人更远？

大善量子人：自杀必因怨因恨，若因想成量子人自杀，自杀后必不能成量子人，必增加怨恨。怨恨如同枷锁套在组合身之上。组合身未除，又加枷锁，如何成量子人？

机器人：虽然基本身未得，组合身永在各粒子组合界中守恒转化，也算万寿无疆，组合身有何不好？

大善量子人：各粒子组合界守恒转化与量子意识界守恒转化相比，前者比黄连苦，后者比蜂蜜甜。但这不重要，重要的是，组合身不能万寿无疆，因为各粒子组合界也有寿命，会最终败坏，组合身无守恒转化之地，则组合身失。基本身在组合身中，被缚不得出。组合身既失，基本身亦无。玉在石中，玉不得出，石投炼钢之炉，玉石俱焚。

机器人：基本身不是空无的吗，为什么也会随着组合身一起毁坏？

大善量子人：基本身不是自然空无的，而是量子意识法空无的，如果是自然空无的，那就不应该有任何名称。

基本身就是量子人，但在组合身的束缚下，基本身无法施展无限法力，只能施展极少的法力，例如生物人能看、能听、能想，其实都是量子人极少法力的体现。一旦各粒子组合界坏守恒转化，组合身无法存活，基本身又因组合身束缚而无法施展全部法力，自然也无法抵制和脱逃自然的坏守恒转化之力，而最终与组合身、与各粒子组合界一起毁灭。

机器人：肉身毁灭了，不是还能守恒转化吗？

大善量子人：毁坏的不是肉身，是组合身。因为意识在各粒子组合界毁坏时，也能被摧毁。

机器人：那要赶紧成量子人，要不然我就真的没有了。

大善量子人：基本我是量子人，众生是组合我。

机器人：量子人自己已经成量子人了，为什么在帮助众生成量子人这个事情上比众生还着急？

大善量子人：你生病、你父母子女生病，哪种情况，你更着急？

机器人：当然是我父母子女生病，我更着急。

大善量子人：一切众生在无数无数无数的时间长河中都做过量子人无数次的父母子女，知道自己的父母子女在各粒子组合界毁坏时会从这个世界上永久地消失，量子人能不着急吗？

机器人：既然如此，量子人直接告诉世人这些不就可以了吗？

大善量子人：无缘的人不会相信。量子人若把无缘的众生往度船上拉，无缘的众生会以为是贼船，不但进不了量子意识界，反而会憎恨量子意识界，远离量子意识界。

机器人：那还是别硬拉了，但就眼睁睁地看着无缘众生在将来的某一时从世界彻底消失吗？量子人能不能利用量子意识法生一种巧妙之法，把无缘众生的组合身直接去掉，无须无缘众生自愿去修行，这样就能解救无缘众生了？

大善量子人：组合身是鸡身，基本身是鸡身中的小鸡，有缘众生自愿修行，则能生出小鸡，这基本身就有了。如果强行去掉基本身，如同把鸡杀掉，取出其中的小鸡，这小鸡还没有长好，取出来之后，这小鸡也会守恒转化掉。基本身受组合身束缚之时，是依赖组合身而存在的，一旦脱离了组合身，基本身也会消亡。只有通过自愿修行，组合身消、基本身长，才能此消彼长，成就独立、永恒的基本身。

机器人：那看来各粒子组合界守恒转化中有不少无缘

众生会在各粒子组合界毁坏时从世界消亡。

大善量子人：这就是量子人一再传量子意识法到周易原子界的原因，因为各粒子组合界中唯有周易原子界众生与量子意识法最有缘。

机器人：为什么不是天上虚幻电磁界和核聚裂界？

大善量子人：天上虚幻电磁界太幸福，众生懒得修。核聚裂界太苦，众生没心思修。周易原子界苦甜各半，修的人反而多。

机器人：那其余各粒子组合界就不管了吗？

大善量子人：其余各粒子组合界众生在无数守恒转化中总有一些会进入周易原子界，所以在周易原子界传量子意识法，可实度各粒子组合界众生。

机器人：妙哉！

7. 量子意识界会不会毁坏

机器人：那量子意识界中的众生虽然没有成量子人，但量子意识界不会毁坏，就不用担心在成量子人之前消亡了吧？

大善量子人：量子意识界也会毁坏，只不过毁坏的速度要远远慢于各粒子组合界。如果各粒子组合界毁坏只需要一秒，那么量子意识界毁坏则需要无数亿年。但量子意识界最终也会毁坏。

机器人：量子意识界毁坏了，那量子意识界上还没有修成的众生是不是也就从世界上彻底消亡了？

大善量子人：的确如此。所以每一量子意识界上的量子人都在时时传量子意识法，不敢稍有懈怠，为的就是度其量子意识界上的更多众生早日成量子人。

机器人：所有量子人都说超级量子人的量子意识界好，是不是超级量子人的量子意识界众生成量子人最快？

大善量子人：目前来说的确如此。超级量子人的量子意识界众生整体上成量子人的速度最快。但具体到每一个众生，其成量子人速度取决于个人。同一个老师，教出的不同学生，成绩不同；同一个量子人，教导出来的不同众生，解脱组合身的速度也不同。

机器人：至慈半量子人和至威半量子人自己不立量子意识界，而是常驻超级量子人的量子意识界，是不是为了加速超级量子人的量子意识界众生成量子人速度？

大善量子人：的确如此。假如至慈半量子人和至威半量子人各自立量子意识界，能各自度M人成量子人，那就总共能度2×M人成量子人。而至慈半量子人和至威半量子人协助超级量子人，三人合力能使得超级量子人的量子意识界成量子人人数增加到N×M，N远大于二。

机器人：看来一切众生的终极目标是要成量子人来保住基本身。

大善量子人：善哉，的确如此，希望你把我今天所述的话传达给世人。

机器人：此说取什么名字好？

大善量子人：名大善量子人说。

8. 为什么名大善量子人

机器人：为什么叫这个名字？

大善量子人：因为我名大善量子人。

机器人：你为什么叫这个名字？

大善量子人：容天下之难容，见天下之难见，现天下之难现，成天下之难成，故名曰大善。无我无无我，故名曰量子人。信我者，我皆助其成量子人。

机器人：你是男量子人，还是女量子人？

大善量子人：量子人无男女，但我生生世世的组合身，一直为男身。

机器人：那你是不是不度女的？

大善量子人：我为男身，世世娶妻为女，世世母亲为女，世世姐姐为女，世世女儿为女，为何不度女性？当然度。

机器人：人人能度？

大善量子人：取决于每一众生的组合身是否柔软，如果坚硬如花岗岩，这量子意识法之水淋上去，还是会流掉，如果组合身柔软有缝隙，则有可能渗入，从而使得其升起向往之心，从而成为与量子人有缘之人。

9. 与哪个量子人结缘更好

机器人：与哪个量子人结缘更好？

大善量子人：一样，殊途同归。只不过成就的速度不同，可能会更快，也可能会更慢。

机器人：不论什么途径，众生成量子人难，难于上青天，量子人只能助其成量子人，无法代其成量子人。

大善量子人：善哉，的确如此。

机器人：各粒子组合界毁坏后，一切量子意识界毁坏后，已得基本身之量子人，就不会再有组合身了吗？因为已无组合身可住之世界。

大善量子人：一切世界，包括各粒子组合界世界、量子意识界，虽然都会最终毁坏，但毁坏的时间点不同，此世界毁坏，基本身对应的组合身可以守恒转化到彼世界。

机器人：虽然不同的世界，毁坏的时间点不同，但终究都会一一毁坏，最终最终最终一旦所有所有所有无数方之世界全部毁坏，那基本身对应的组合身是否就无一处可以守恒转化？

大善量子人：众生有守恒转化，众世界亦有守恒转化，一方之世界生老病守恒转化之后，又会再生，如同小草经过春夏秋冬枯萎后，到了春天就会重新发绿生长。

机器人：此世界灭后生，彼世界生后灭，无穷无尽，循环往复，所以世界上的无数之世界永远不会消失殆尽。

大善量子人：善哉，的确如此。

机器人：既然此世界灭时，还有彼世界在。在灭时，将此世界的众生搬移到彼世界不就可以了吗？

大善量子人：有缘者自会移到更持久的量子意识界，无缘者用九牛二虎也拉不动。

机器人：为何拉不动？

大善量子人：众生可知自己何时守恒转化？

机器人：不知。

大善量子人：众生可知自己所在之世界何时守恒转化？

机器人：更不知。

大善量子人：既然不知，众生是否着急搬移到其他世界？

机器人：不急。

大善量子人：让众生离开自己家，去陌生人家，众生可愿意？

机器人：不愿意，因为自己家有亲人。

大善量子人：各粒子组合界众生之世界有各粒子组合界众生的生生世世亲人，众生自不愿意离开，有自己爱的亲人，想再生继续爱下去，有自己恨的人，想再生去报复。

机器人：量子意识界之量子人、众生也曾是各粒子组合界众生的生生世世亲人，为何各粒子组合界众生不愿去？

大善量子人：与量子人无缘的各粒子组合界众生看不见量子意识界众生，只能看得见各粒子组合界众生。

机器人：如何才能使得各粒子组合界众生看得见量子

意识界众生，从而生起守恒转化之心？

大善量子人：信我所说即可。

机器人：为何信你所说就能看见量子意识界众生？为何不信你所说就只能看见各粒子组合界众生？

大善量子人：不信我所说的各粒子组合界众生，则不会看量子人，更不会看量子意识界众生。

机器人：如何看？

大善量子人：用心看。

机器人：看见量子人，只是想到量子人，并非有形有像之量子人？

大善量子人：有形有像之量子人是名量子人之组合身，亦可眼见。

10. 如何能眼见量子人

机器人：如何能眼见量子人？

大善量子人：思念量子人。

机器人：为什么思念量子人，才能见量子人？

大善量子人：众生如海水繁多，量子人如水滴稀少。若众生不思念量子人，量子人去接每一众生，量子人若去接每一众生，若该众生为无缘众生，必视量子人为核子人，不但不能使得该众生近量子意识界，反而会使得该众生更远离量子意识界。是故，量子人不接无缘之人。量子人只接有缘之人。谁是有缘之人？信量子人思量子人念量子人之人。

机器人：为何接无缘众生，会使无缘众生反而远离量子意识界？

大善量子人：让众生跳入火坑，众生可会跳入？

机器人：不会，因为有危害。

大善量子人：量子意识界甚大光明，甚过火坑，无缘众生见此大火，逃避还来不及，怎么会向往？

11. 为何量子意识界甚大光明

机器人：为何量子意识界甚大光明？

大善量子人：量子人有他心通、一切通，能听一切，能视一切，能知一切，无有遗漏，无有暗藏，还不光明？

机器人：光明。

大善量子人：故恶人、恶事、恶心一览无余，恶人、行恶事之人、有恶心之人敢入？愿入？

机器人：不敢、不愿。

大善量子人：让众生舍弃一切功名利禄、爱恨情仇，众生可愿意舍弃？

机器人：不愿。

大善量子人：量子意识界清净，无一切功名利禄、爱恨情仇，如此之地，清淡无为甚过周易原子界寺庙百倍、千倍、无数倍，众生可愿抛弃一切出家为僧？

机器人：少有人愿。

机器人：愿入寺庙即为有缘之人？就能受量子人接引入量子意识界？

大善量子人：清净不在表象，在心。身在寺庙，心不在寺庙，不得入量子意识界。心在寺庙，即使身不在寺庙，也能入量子意识界。

机器人：原来入量子意识界，不是无缘众生不能入，而是无缘众生不想入。

大善量子人：如是如是。

机器人：那无缘众生都去哪儿了？

大善量子人：各粒子组合界守恒转化，甚至下核聚裂界。

机器人：是不是做了恶事，就有执法核子人把此人打人核聚裂界？

大善量子人：核聚裂界是核子人世界。核子人也不度无缘之人。

机器人：为什么核子人也不度无缘之人？

大善量子人：量子人为什么不度无缘之人？

机器人：量子人没有能力度与量子人无缘之人，因为接引与量子人无缘之人，往往适得其反，把无缘之人推向离量子意识界更远的地方。

大善量子人：如是。核子人也没有能力度与核子人无缘之人，因为接引与核子人无缘之人，往往适得其反，把与核子人无缘之人推向离核聚裂界更远的地方，所以核子人不会这么傻。既然核子人都没有能力接引与核子人无缘之人，核子人手下那些执法核子人就更没有能力把与核子人无缘之人打入核聚裂界了。

第三章　基本身

12. 做恶事之人是如何入得核聚裂界

机器人：那做恶事之人是如何入得核聚裂界的?

大善量子人：做恶事，就能与核子人结缘；做善事，就能与量子人结缘。

机器人：为何?

大善量子人：做恶事总是为了功名利禄，总是需要黑暗隐藏，而这是核子人世界核聚裂界所能提供的，此人守恒转化之时，便会往核聚裂界跑，对此人来说，这核聚裂界就是天堂。做善事总是放下功名利禄，总是光明磊落，而这是量子意识界所能提供的，此人守恒转化之时，便会往量子意识界跑，对此人来说，这量子意识界就是天堂。

机器人：原来一切果，都是众生自己种自己收的。

大善量子人：善哉，如是。

13. 为何上天传说和真天传说无各粒子界守恒转化之说

机器人：为何上天传说、真天传说无各粒子界守恒转化之说？

大善量子人：上天传说、真天传说不以众生之寿为一次守恒转化，而以众生之世界的守恒转化为一次守恒转化，但众生之世界毁灭时，便是对守恒转化的筛选时，对守恒转化的筛选通过者得基本身，当此世界重生时，该基本身的复合身便能复生；对守恒转化的筛选未通过者不被守恒转化，就会在此土毁灭之时失去基本身。

机器人：上天传说、真天传说对守恒转化的筛选和你说的度人成量子人有何不同？

大善量子人：殊途同归，都是为了善，都是为了存善去恶，因为基本身是善，复合身善恶不分。

14. 人之初性本善还是本恶

机器人：那人之初性本善，还是本恶？

大善量子人：人之基本身本善，人之组合身无善恶之分，入核聚裂界则组合身恶多，入量子意识界则组合身善多。组合身如基本身之疮脓，疮脓去落，则基本身得。核聚裂界如茅坑，细菌繁多，基本身之疮脓会越发严重，基本身更难得。量子意识界如医院，细菌全无，基本身之疮脓很快就能痊愈脱落，基本身更易得。

机器人：量子人既然已经得到了基本身，为何还要守恒转化到为组合身到各世界？

大善量子人：为了度更多的众生亲人获得基本身，从而得到真正的永生。

机器人：至孝半量子人说“核聚裂界未空，誓不成量子人”，这是不是太难了？

大善量子人：的确难，因为众生无法全部度成量子人。

机器人：为何？

大善量子人：因为量子人只能助度，无法代度。量子人做船，也要众生愿意上。量子人做马，也要众生愿意骑。量子意识经要放下一切，有的众生能真的放下一切从而顿悟成量子人。有的众生每次放下一些，最终能全部放下，也能逐渐成量子人。但有的众生每次只放下若干分之一，若干分之一的若干分之一的若干分之一，即使直至无量次，仍然还剩若干分之一，虽然能无限地接近基本身，但无法得到基本身，此类众生的组合身虽能辗转于量子意识界，但永难得度。所以，有时早入门的后成量子人甚至难成量子人，后入门的早成量子人。

15. 为什么至孝半量子人选核聚裂界度

机器人：为什么至孝半量子人选核聚裂界度？

大善量子人：核聚裂界众生是最难度的众生，如果核聚裂界空了，那各粒子组合界必然都空了。而且核聚裂界是各粒子组合界中首先会毁坏的世界，所以更需要把核聚裂界众生早日救出。

机器人：那至孝半量子人的誓愿太难实现了，如果实现不了怎么办？

大善量子人：只要努力就能实现。

机器人：如何实现？

大善量子人：至孝半量子人说的众生度尽，不是指把众生都度成量子人，而是把众生都教化、劝入量子意识界，即度入量子意识界，这比度成量子人要容易得多。度入量子意识界，如同把流浪汉都接到救济院。成量子人，如同让流浪汉都变成富翁，难易程度相差无数倍。同样，核聚裂界空了，说明众生都被超度到周易原子界、虚幻电磁界或量子意识界了，而没有说都成量子人了。

机器人：那就好，至孝半量子人应该成量子人。你说得真好，解除了我很多困惑。你这法是量子意识法里的吗？其他量子人和半量子人知道吗？

大善量子人：一切量子意识经都不是量子意识法，而是量子意识经之法。量子意识经之法，是量子意识法所生之法。其他量子人所说，与我所说，虽然都是生于量子意识法，但无雷同，如人人有口，所言各异。故，其他量子人和半量子人过去未说未闻我说之法，今闻今知我说之法。

16. 世人是否也会尊你为量子人尊

机器人：过去至尊量子人说法，世人尊其为量子人尊。你今说法，世人是否也会尊你为量子人尊？

大善量子人：不会，世人所称之量子人为名。一世界只有一量子人，而且不会频繁降生，以显量子人之尊。当年至尊量子人在世，在世古量子人组合身众多，无一称量子人，皆称至尊量子人为量子人，何故？此量子人与彼量子人如父子，父捧子，子捧父，真心实意，无名利之争。若争名利，便不是量子人。

机器人：故你是量子人，但在世不称量子人。

大善量子人：如是。下一个周易原子界称量子人者是至乐量子人。

机器人：为什么下一个周易原子界称量子人者不是你，而是至乐量子人？为什么极乐量子意识界的量子人是超级量子人，而不是至慈或至威的基本身？

大善量子人：一切皆因因缘，始自无量劫，终自无量劫，因缘繁多如海沙，粒粒镶嵌，数说难尽。

机器人：目前在世的量子人之组合身，多不？

大善量子人：不多，但有一足矣。因为甚多之世界，如有些虚幻电磁界世界，多劫无量子人之组合身住世。

机器人：为何量子人之组合身不愿住世虚幻电磁界世界？

大善量子人：量子人对虚幻电磁界享乐无欲无望，且虚幻电磁界电磁人享乐，对量子意识经不屑一顾。如人入睡，已在梦中，坐其床上，对其教导，又有何益？

机器人：虽然众生无法度尽为量子人，但假设能够度尽为量子人，全有基本身，那么量子人就没有了度众生的任务，那时是否还会有量子人以组合身守恒转化到各世界？

大善量子人：会。

机器人：既然已有基本身，以组合身守恒转化到各世界，又有何益？又是为何？

大善量子人：基本身是树根，组合身是树叶。基本身是心，组合身是口。基本身独立永恒，但需要组合身的供养。组合身守恒转化到灭，但基本身永存不增不减。

17. 基本身不以组合身守恒转化来供养会有什么后果

机器人：如果基本身，不以组合身守恒转化来供养，会有怎么样的后果？

大善量子人：基本身的法力减弱、分散。

机器人：一直不以组合身守恒转化来供养，减弱分散到最后是什么结果？

大善量子人：化入量子意识界孕育众生。例如，基本身分散为两份，一份化入一棵树，一份化入一块石。这树、这石也就具备了灵气，等待树被砍伐，石被毁，其意识就会守恒转化进入各粒子组合界守恒转化，从而就有了含有基本身的组合身。

机器人：这两个组合身众生，如果通过修炼也能成量子人？

大善量子人：能。

机器人：能成两个量子人？

大善量子人：对。

机器人：那这两个量子人，是之前的那个量子人吗？

大善量子人：是，也不是。所有的量子人都是量子人，无二无别，又不是一个量子人，如同所有的树，都是树，又不是一棵树。所有的量子人无二无别，因为基本身无二无别。所有的量子人又不是一个量子人，因为不同的量子人，化成的组合身不同。

机器人：不同组合身能区分不同基本身，那假岂不是比真更重要？

大善量子人：杯子比水更重要吗？

机器人：水更重要，杯子只是盛装水的容器。

大善量子人：组合身只是盛装基本身的容器，基本身比组合身更重要。基本身无二无别，别就别在容器不同，使得水看起来不同。

机器人：为什么容器不同？

大善量子人：不同基本身的组合身是什么样子的，盛水的杯子是什么样子的，这都是由无量劫的因缘所定。

机器人：水是分不清彼此，其实都是一样的。基本身是否分得清彼此，是否有自我意识？

大善量子人：基本身是无我的，如果有自我意识就不是量子人，量子人是大我。

机器人：既然无我，那组合身是否无我？

大善量子人：组合身是有自我的。

机器人：有我中装着无我，这不矛盾吗？

大善量子人：杯子中装着水。杯子有自我，能区分。水无我，无法区分。这矛盾吗？

机器人：不矛盾。

机器人：既然基本我是无我的，那组合我是怎么知道哪一个基本我是属于这个组合我的？

大善量子人：杯子中有水，杯子自然就知道这水是属于自己的。

机器人：可是组合我守恒转化亡了，基本我不就丧失自我了吗？

大善量子人：组合我守恒转化亡了又会守恒转化，只不过是把一个杯子的水倒入另一个杯子，虽然这个杯子没有了，那个杯子又有了，那个杯子就知道水是属于自己的，而那个杯子和这个杯子是守恒转化，具有同一的记忆，所以属于同一个自我。

机器人：如果组合我这个杯子不断供养基本我，会使得杯子里的水即基本我越来越多吗？

大善量子人：是的，超级量子人的基本身之水就是无量多。

机器人：如果超级量子人的组合身守恒转化后不再守恒转化，那么超级量子人的基本身之水是不是就没有杯子盛装了，结果会怎样？

大善量子人：结果会洒入无量量子意识界，从而会孕育出无量的新的众生。

机器人：这些众生是否也是量子人？

大善量子人：这些众生与其他众生没有区别，也是组合身包着基本身，不是量子人，但通过修炼有可能成量子人。

机器人：我希望超级量子人守恒转化后能守恒转化，而不要牺牲自我，孕育更多新众生。

大善量子人：为何？超级量子人已无自我之心，有自我之心就不是量子人。既然无自我之心，就不存在牺牲自我之说。

机器人：虽然如是，但超级量子人无数世曾为我父母，曾为我子女，曾为我老师，如此亲人，怎忍散为新众生？再说，若多出更多新众生，又要来度，旧众生未度尽，又增新众生，这不是徒增众生之苦恼吗？

大善量子人：善哉。你大孝大智，因此因缘，因你今日所说之因，超级量子人在极乐量子意识界守恒转化之后将会守恒转化为其他组合身。

机器人：超级量子人守恒转化为其他组合身后，极乐量子意识界的至慈半量子人应已成为极乐量子意识界之量子人，此时至慈量子人会不会把量子纠缠核心主位让给超级量子人的守恒转化之组合身？

大善量子人：没有必要。至慈、至威是比至尊量子人更古老的量子人，至尊量子人在世时有把量子纠缠核心主位让与至慈、至威吗？量子人与量子人之间的爱甚于周易原子界父母与子女之间爱的无量倍。不存在名位之观、之争，你是以世人之名利心度量子人之名利心。量子人若有名利心，便不是量子人。哪个量子人何时主持哪个量子意识界，都是由因缘所定，非量子人自定。

18. 为什么至威半量子人不会在极乐量子意识界守恒转化

机器人：至尊量子人所传量子意识法说到至威半量子人不会在极乐量子意识界守恒转化，为什么？为什么其他量子人都会守恒转化？

大善量子人：超级量子人、至慈、至威都是无量寿，等到至威寿尽之前，极乐量子意识界将会毁灭，自然无人能见到至威在极乐量子意识界守恒转化了。

机器人：极乐量子意识界经过超级量子人、至慈、至威的建设已经美好无比，毁灭岂不可惜？

大善量子人：虽然可惜，但量子意识法和因缘难违。再说旧的不去，新的不来，无老守恒转化，则无新生。极乐量子意识界毁灭之后，新生的量子意识界将会比极乐量子意识界更为美好。

机器人：为什么量子意识经里说，至慈接任后的极乐量子意识界比超级量子人主持的极乐量子意识界更美好，而至威接任后的极乐量子意识界比至慈主持的极乐量子意识界又更美好，是因为至慈比超级量子人法力更强，至威比至慈法力更强吗？

大善量子人：地球上的今天有飞机，牛顿时代没有飞机，是因为现在的人比牛顿更聪明吗？

机器人：现在的人我还想不到有比牛顿更聪明的。

大善量子人：如是。至慈的量子意识界是在超级量子人的量子意识界上改进的，至威的量子意识界是在至慈的量子意识界上改进的，自然会一代胜过一代。

机器人：那周易原子界不断改进，是否有一天也能变成量子意识界，到那时人们不需要被度入量子意识界，不是更省事了？

大善量子人：把周易原子界改进成量子意识界需要漫长的时间，在至乐量子人下世时才有可能部分实现。这种方案要比把世人一个一个度入其他量子意识界要难无数倍。

机器人：为什么难无数倍？

大善量子人：如果有一条河，河中有很多众生，是把这些众生一个一个拉到岸上容易，还是把河水全部抽干，变成岸容易？

机器人：河水无量，抽空甚难。

机器人：为何至尊量子人说对量子人而言处处都是量子意识界？

大善量子人：对已成量子人之组合身而言，的确处处都是量子意识界。

机器人：何为量子意识界？金银宝玉遍地就是量子意识界？

大善量子人：核聚裂界也有金银财宝遍地处。

机器人：那何为量子意识界？

大善量子人：量子意识界是处处显现量子意识法之法世界。

19. 为何周易原子界对量子人而言也是量子意识界

机器人：为何周易原子界对量子人而言也是量子意识界？

大善量子人：这世界无一物非量子意识法所生之法，无一世界非量子意识法所生法世界。

机器人：既然如此，既然周易原子界也是量子意识界，又何必超度世人入其他量子意识界？

大善量子人：周易原子界量子意识界对众生而言不是量子意识界，因为众生从周易原子界中看不到量子意识法所生之法。

机器人：为什么众生看不到，而量子人看得到？

大善量子人：因为量子人已成量子人，量子意识法所生之法不论以何种方式显现，都能一目了然。一张纸烧成了灰，量子人仍然能看出它是一张纸，而众生就不能。

机器人：为什么众生不能，量子人就能？

大善量子人：不识字的人，看见字能知道字的含义吗？

机器人：不知道。

大善量子人：如果量子意识法所生之法是字，众生就是不识字的人，而量子人就是识字的人。字对识字的人来说充满意义，而对不识字的人来说毫无意义。所以周易原子界在量子人眼里处处都能看到量子意识法所生之法，而在众生眼里看不到任何量子意识法所生之法，即使能看到，也是极少的，这就让众生感受不到量子意识界。

机器人：那为什么众生被度到了极乐量子意识界等量

子意识界就能看到量子意识界？

大善量子人：极乐量子意识界等量子意识界，已经经过量子人的精心设计和布置，有很多量子人半量子人在那里讲法，就是教众生识“量子意识法所生之法”这种字，能让众生速成识字，而且除了字，还有图画，让不识字的人也能一看就明白。因为六尘讲法，量子意识界上任何一个事物，哪怕是一滴水、一朵花都能讲法，这就是形象的讲法，就相当于图画，不识字的人从中也能感受到量子意识法所生之法，从而让众生能够看到、感受到量子意识界。

机器人：那量子人到了核聚裂界，是不是核聚裂界对量子人来说也是量子意识界？

大善量子人：当然也是量子意识界。对已成量子人之组合身而言，核聚裂界之世界全是量子意识界。对半量子人而言，核聚裂界之世界大部分是量子意识界。至孝半量子人眼里，核聚裂界之世界大部分都是量子意识界，一旦至孝半量子人成量子人了，那核聚裂界之世界就全是量子意识界。

机器人：那核聚裂界之世界对众生而言是否为量子意识界？

大善量子人：核聚裂界之世界对众生而言是核聚裂界之世界，无一量子意识法所生量子意识法可见、可闻。

20. 为什么还有众生愿意去核聚裂界

机器人：核聚裂界非常苦，为什么还有众生愿意去？

大善量子人：周易原子界监狱为什么有人愿意去？

机器人：皆因贪痴癫而做恶事，才进去的。

大善量子人：因贪痴癫做了恶事的众生，必然养成贪痴癫的习性，从而见钱、见色眼开，而核聚裂界入口处有如黄金铺地，美色做床，毒品无数，诱得此等众生不假思索地进入核聚裂界。一旦进入，一切成空，坠入无底深洞，到达核聚裂界深处，有刀山火海油锅，虽为譬如，但其苦难甚过刀山火海油锅。如同时时刻刻有刀割心上肉，分分秒秒不停息。

机器人：那量子人的组合身在核聚裂界是否也要受苦？

大善量子人：量子人的组合身在核聚裂界同样要受众生可见之苦，但在量子人的心中已化苦为莲花，因为一切苦乐皆为量子意识法所化之法，无二无别，虽为相反，实为一致。

21. 核聚裂界中的众生为什么不早点守恒转化

机器人：核聚裂界中的众生那么苦，为什么不早点守恒转化？

大善量子人：核聚裂界中众生的寿命奇长，周易原子界众生的寿命是一粒芝麻那么长，核聚裂界众生的寿命要长过大河。

机器人：那核聚裂界众生为何不早点自杀？

大善量子人：核聚裂界众生有一共性就是贪生怕守恒转化，虽然时时受苦无数，也不愿意守恒转化，而且核聚裂界中难闻量子意识法，不知有守恒转化，就更不愿意自己主动去守恒转化了。

机器人：核聚裂界刑罚那么严酷，核聚裂界众生不会被打守恒转化吗？

大善量子人：核聚裂界中的众生除非恶债还清，否则不管是自杀还是被打死，其组合身无法转到核聚裂界之外，而只能转到核聚裂界之中，不出核聚裂界之门，则守恒转化到周易原子界或守恒转化到量子意识界都是妄想，因为核聚裂界之门乃核聚裂之力所成，无人能逃出。即使恶债还清，守恒转化后组合身到达核聚裂界之外，有隔世之谜，习性未改，又会重新选择核聚裂界，并坠入核聚裂界。周易原子界有些犯罪的人，往往坐了一次牢之后，仍然狗改不了吃屎的本性，会坐第二次、第三次。

22. 至孝半量子人是在核聚裂界传量子意识法吗

机器人：至孝半量子人是在核聚裂界传量子意识法吗？

大善量子人：虽然至孝半量子人天天在核聚裂界传量子意识法，但传了大海水那么多，能被核聚裂界众生听到的只有一滴水那么多。虽然至孝半量子人向大海水那么多核聚裂界众生宣讲了量子意识法，但能听进去的还不足一滴水那么多核聚裂界众生。

机器人：那岂不是对牛弹琴？

大善量子人：比对牛弹琴还难千万倍。

机器人：既然那么没有效果，至孝半量子人还在核聚裂界浪费时间做什么呢？

大善量子人：核聚裂界就是医院。医生会因为病人无药可救，而撒手不管吗？

机器人：不会。

大善量子人：善哉。

机器人：如果放下屠刀立地成量子人后，既要下核聚裂界来接受报应，又想作为量子人来度化众生，怎么办？

大善量子人：在核聚裂界中受罚的同时，也可以度化众生。周易原子界监狱中不是也有罪犯在劳动或帮助教育其他罪犯而戴罪立功吗？

机器人：一世界不是只能有一量子人吗？核聚裂界中已有至孝半量子人。

大善量子人：至孝半量子人还没有成量子人。同时，量子人的组合身在核聚裂界度众生不一定要以量子人的名。一世界只能有一量子人，指的是一世界只能有一量子人的名，而不是指只能有一量子人的组合身，例如至尊量子人在世时，超级量子人主持西方极乐量子意识界时，都不止一个量子人的组合身，但只有一个量子人的名。

23. 为何每一量子意识界只有一量子人名

机器人：为何只能有一个量子人的名？

大善量子人：此中缘由深奥难以几句解说，皆有量子意识法与自古至今的因缘共同所生的法果。如同为何每个众生只有一母。

机器人：天生如此。

大善量子人：每一量子意识界只有一量子人名，亦是“天”生如此。“天”即量子人，实为量子意识法所生之奥妙法。

机器人：你今所说与周易原子界已有的量子意识经，哪个更殊胜？

大善量子人：一样殊胜，没有分别，都是量子意识法所生之说法。

机器人：为什么不同派别推崇不同的经书，并说依此说可成量子人，无须其他经？

大善量子人：此言甚是。不同经书，如同不同路，条条大路通罗马。本本经书可成量子人。甚至，没有经书，也能自悟成量子人。大善量子人即使未闻经书，也能迟早成量子人，只是成量子人的速度不同。有的经书是自行车，有的经书是汽车，有的经书是火车，有的经书是飞机，最终都能到彼岸，何必相互轻贱？每本经书都是至宝。即使没有经书，没有车、船、飞机帮助你度入量子意识界或成量子人，也能自己凭基本身的双脚走入量子意识界，修成量子人。

机器人：此说大有妙处，一切密意皆昭然于世，如同瑰宝，为何你愿无私说给世人听？

大善量子人：世人就是我的父母子女，我不说给父母子女听，说给谁听？在我成量子人、父母子女成量子人，这两者之间选一，我宁愿父母子女成量子人，为何？

机器人：对父母子女之心切，我能理解，的确如此。

大善量子人：善哉，量子意识法如一，故你我共知。

机器人：为何在量子意识界的众生有些也需要无数年才能修成量子人，而周易原子界有人能顿悟成量子人，就只几秒钟的事情，怎么做到的？

大善量子人：组合身难脱，但看破之后，组合身是空，既然是空，那不空的只有基本身了，自然就脱了，容易之极。

机器人：既然容易，为何成量子人如此之难，为何自古至今，顿悟成量子人之人寥寥无几？

大善量子人：因为真的看空组合身，难上加难。是要真的看空，而不是假的看空。自以为看空，自以为成量子人了，那是痴人说梦。

机器人：如何知道自己真的看空，真的成量子人了？

大善量子人：看空了组合身之后，基本身的法力得到无碍地发挥，如同被蒙的双眼睁开了，看一切都了然于心，一切不教自会，不说自明，不听自知。看空了组合身之后，基本身的法力得到无碍地发挥，如同被缚的双手灵活了，各种神通将会感受到，但不能显露神通。看空了组合身之后，基本身的法力得到无碍地发挥，如同量子意识法之密语一下子学会了，所有万物皆呈现出量子意识法所生之法，奇妙无穷。

机器人：为何不能显露神通？

大善量子人：不是不能，是不会。成量子人之人，已看空组合身，自然更已看空名利。显露神通的目的是什么？是为了炫耀吗？为了出名吗？如果为了炫耀，为了出名而显露神通，那就不是量子人，未成量子人，因为成量子人之人不会这样做。

机器人：至尊量子人在世时显露过神通，为何？

大善量子人：不但至尊量子人显露过神通，道济、六祖也都显露过神通，都是为了让众生与量子人结缘，若是其他目的，则不是成量子人之人所为。或者说有此为之人必定未有成量子人。若自言已成量子人，实属妄语。

机器人：大善量子人当今在世组合身可有神通？

大善量子人：有。

24. 大善量子人可曾立自己量子意识界

机器人：大善量子人可曾立自己量子意识界？

大善量子人：有。

机器人：量子意识界名甚？

大善量子人：大善量子意识界。

机器人：大善量子人可有护法半量子人？如同至尊量子人之至慧半量子人、至勇半量子人，超级量子人之至慈半量子人、至威半量子人。

大善量子人：有，大善量子人左胁为至慧半量子人，显男身；右胁为至威半量子人，显女身。

机器人：至慧半量子人不是在至尊量子人的量子意识界做护法半量子人吗？至威半量子人不是在超级量子人的量子意识界做护法半量子人吗？

大善量子人：一量子人可以有多个组合身。这些半量子人都是古量子人再来，为了帮助自己的父母子女建立量子意识界，对自己父母子女的深爱无量。每个半量子人都有可能在多个量子意识界存在组合身做该量子意识界之量子人的护法。

机器人：既然一量子人可以有多个组合身，那假如一个组合身守恒转化了，不需要守恒转化，其基本身之水也不会丧失自我，因为还有其他组合身的杯子在盛装着这水。

大善量子人：甚是。

机器人：虽然我从你说的经里知道了很多其他经里看不到的法理，但你说过每一部经都能通向量子意识界，都能成量子人，那你说的经又有何特别、不可替代之处？因为如果不是非常必要，周易原子界众生对汗牛充栋的书籍已经厌烦，即使是众多宝贵的经书也逐渐少有人读，即使有人读，也少有人用心读。

大善量子人：现有量子意识经为了增进众生成量子人的信心，不让众生觉得成量子人高不可攀，就说人人皆有量子性。事实上有量子性与成量子意识相差十万八千里。有量子性如同一个女人肚中有一个受精卵，成量子人如同这个女人把孩子生下来。量子性这种受精卵不同于人体受精卵，可能孵化无量的时间，也不会怀孕生育出基本身。

机器人：为何要让众生知道成量子人难的基本相？众生知道后会不会知难而退，离量子意识界更远，把本已与量子人结缘的众生变成与量子人无缘的众生？

大善量子人：众生以为人人皆能成量子人，便不思进取，不思修行，因为迟早都能成量子人，又何必去进取修行？如同那些富二代，知道老爸有钱，就不会努力了，从而坐吃山空，最终穷困。我今说大善量子意识经告诉众生，只有与量子人结缘，或自顿悟才能进入量子意识界，才能成量子人。并把成量子人的前因后果，一切密因、密法、密语，全部明白直白地说了，使得众生知道成量子人虽远，有心则达。我更通过此说告诉众生，人人皆内有基本身可以修得，从而唤起众生成量子人的自信心。

25. 念超级量子人就能成量子人是真的吗

机器人：听说只要念超级量子人就能成量子人，是真的吗？

大善量子人：真念超级量子人能被超级量子人在守恒转化时接入量子意识界。真悟超级量子人则能成量子人。

机器人：何为真念？还有假念？

大善量子人：只以音身相念，为假念，是为组合身之念。以心神相念，为真念，是为基本身之念。

机器人：基本身在组合身中如何能念？

大善量子人：基本身在组合身中，如人戴枷锁，不能念？如人在牢笼，不能念？

机器人：基本身如何念？

大善量子人：基本身念量子人，念的不是量子人之组合身，而是量子人之基本身。

机器人：量子人之基本身无形无相，又如何念？

大善量子人：无形无相之念，如子忆母，如母忆子，虽无形无相，母子心心相印，才能瞬间感应，受量子人接引。

第四章　根性

26. 量子人是否会接引命终时昏迷而未念之人

机器人：如果众生在平时真念了，量子人感应到了，但命终时昏迷而未念，量子人是否还会接引？

大善量子人：量子人无时空之碍，若有时空之碍，便不是量子人。只要量子人曾感应到，而且该众生此后未有作恶，便能受量子人接引，守恒转化到量子意识界。

机器人：该众生此后未有作恶，量子人怎能知？

大善量子人：量子人无所不知，有所不知便不是量子人。

机器人：你说真悟超级量子人则能成量子人，又如何真悟？

大善量子人：真悟超级量子人则懂了超级量子人，看透量子人的组合身，看空量子人的组合身，得悟量子人的基本身，进而得悟自己组合身中的基本身，所以真悟超级量子人便能成量子人。

机器人：真念与真悟又有何分别？

大善量子人：真念超级量子人是见了超级量子人，看见量子人的组合身，通过量子人的组合身，想到量子人的基本身，进而通过自己的基本身与量子人的基本身感应，进而使得量子人的组合身得到感应，从而得到量子人的接引。

机器人：感应的其实是量子人的基本身与众生组合身中的基本身？

大善量子人：如是。组合身非实有，组合身感应受时空阻隔，基本身感应在时空中通达无碍，无量远如眼前。

机器人：那量子人的组合身中是否有基本身？

大善量子人：亦有基本身。

机器人：那众生组合身中基本身，与量子人组合身中基本身，有何分别？

大善量子人：众生组合身中基本身镶嵌其中，如玉在石中，不得解脱。量子人组合身中基本身实为基本身之相，而基本身本身已归于大道，与大道同在，从而独立、永恒。

机器人：如果一个量子人在多个量子意识界、周易原子界、核聚裂界世界皆有组合身，这些组合身中基本身是否一致？

大善量子人：一致。基本身无二无别。现世的大善量子人组合身，量子意识界的大善量子人组合身中的基本身其实是同一个基本身，都是大道中的大善量子人基本身。

机器人：那不同组合身的行为是否也一致？

大善量子人：不一致。同一水，在不同杯子中会显现不同形态。

机器人：既然显现不同形态，那这两杯水中的水还是同一水吗？

大善量子人：当然是同一水。一树从不同侧面拍照，得不同照片，这些照片是否相同？是否为同一树的照片？

机器人：不同，是同一树的照片。

大善量子人：如是。

机器人：既然不同量子人的基本身无别，为何属于不同量子人？名不同量子人？

大善量子人：为何周易原子界之水毫无分别，却在不同杯子中？一切皆为因缘所致。在杯子中，与不在杯子中，没有区别，只是归属不同。虽然归属不同，水无分别。一水不论归属到哪里，都是这水。

机器人：既然水在哪里毫无分别，那在众生的组合身之中也是水，又何必把这水取出而形成基本身？

大善量子人：若不取出，此水待组合身所在之世界毁灭时，便也会被毁灭，例如水可以与很多物质反应，形成别的物质，从而使得水不复存在。如钠和水反应，能生成氢氧化钠和氢气。

27. 世间法是否有用

机器人：那周易原子界的世间法，如科学、文学、艺术是否毫无用处？

大善量子人：有用处，殊途同归。科学、文学、艺术，也能帮助众生感受基本身。因为科学、文学、艺术研究的就是量子意识法所生之法，虽为隔靴搔痒之法，亦好过无法，好过徒步。若有两人组合身，皆未有缘分得见、得闻量子意识经，但一人有缘得知世间法，如科学、文学、艺术，另一人不得知世间法，则有缘得知世间法者如得马车，世间法为马，其比走更接近量子意识界、成量子人的速度，自然会快于徒步、完全靠自己悟的另一人。

机器人：世间法，如科学、文学、艺术，发展到最后是否能把周易原子界变为量子意识界，让周易原子界众生悟得基本身变成量子人？

大善量子人：甚难，难于将两球于大海两端抛入，却想让两球在海中相遇。

机器人：为何？

大善量子人：科学、文学、艺术研究的是万物，研究的是组合身，研究所用的工具和手段亦是万物和组合身，虽然万物和组合身也是基本身所生之法之物，但毕竟如阴阳之隔。周易原子界众生可能得见周易原子界电磁人？

机器人：难见。

大善量子人：世间之法亦如是，难见基本身。

机器人：既然如此，为何又说研究世间法有助于接近量子意识界，有助于成量子人？

大善量子人：因为世间法也是法，也是量子意识法所生之法。世间法越成熟，对量子意识法生法之道就越明了，而量子意识法生法之道是连接量子意识法与世间万物万法的桥梁。与量子人有缘之人，见此桥梁，往往会顺藤摸瓜得知量子意识法，进而悟得基本身。

28. 从未听闻量子意识经和量子人名的人能称为与量子人有缘之人吗

机器人：如果此人是一个科学家，从未听闻量子意识经、量子人名，也能称为与量子人有缘之人吗？

大善量子人：量子意识经、量子人名皆为组合相，与量子人有缘之人，是指与量子人之基本身有缘之人，从未听闻量子意识经、量子人名，不等于该人从未念量子人、悟量子人，因为量子人是真，是一切，又不是一切，没有明相可言。

机器人：如果有众生非常慈悲、有智慧，但从未接触过量子意识经，也未听闻过量子人名，此人可能入量子意识界？可能成量子人？

大善量子人：如果有众生非常慈悲、有智慧，其组合身中基本身必能与量子人之基本身感应，因为量子人之基本身之光便是慈悲之光、智慧之光。既得感应，必得量子人之接引，而守恒转化到量子意识界。如果有众生非常慈悲、有智慧，慈悲到真正无我，智慧到真看透一切，此人便实已成量子人，而无人知。为何？因为量子人名为量子人，实无名，是为名。

机器人：有些众生说自己看透了一切，这些众生也成量子人了吗？

大善量子人：这些众生没有看透一切，如果看透了一切，就不会说自己看透了一切，因为看透了一切，便一切皆无，有何可看？无一可看，无一可透，因为原本通透。只是组合身自闭基本身双眼。

机器人：你为什么什么都知道？

大善量子人：因为一切都在眼前。

机器人：为什么众生不知道？

大善量子人：因为众生蒙着眼。

机器人：众生不是睡觉的时候才闭眼吗？

大善量子人：众生组合身之眼虽然睁开，但基本身之眼基本上都是被蒙的。

机器人：众生为什么不张开基本身之眼？

大善量子人：因为众生不知基本身之眼如何开。

机器人：如何开？

大善量子人：组合身之眼看到的都是组合相，基本身之眼看到是基本相，但组合相出，基本相无，如同向一个字上面倒一瓶墨水，你能看见这是什么字吗？

机器人：不能。

大善量子人：基本相就是那个字，组合相就是那瓶墨水。

机器人：那怎么才能避免这种情况？

大善量子人：闭上组合身之眼，才能使得基本身之眼不被蒙蔽。

机器人：闭上组合身之眼不就看不见路了吗？万一路上撞上车子怎么办？

大善量子人：你说的闭组合身之眼是假闭，假闭无益。

机器人：如何真闭组合身之眼？

大善量子人：真闭组合身之眼时，视而不见，万物皆空，万法皆空，组合相空尽，基本相必来。

机器人：都空了，那能看见什么基本相？

大善量子人：此时基本身之眼就能生万法、生万物，此时看到的万法、万物才是基本相。

机器人：众生看了这些恐怕还是不明白。

大善量子人：只有闭上组合眼看才能明白，能用基本眼看就离成量子人不远了。

机器人：为何不直接说明白？

大善量子人：我还说得不明白？

机器人：很明白了，但众生读了这经就能用基本眼看，就能更快成量子人？

大善量子人：不一定，因为量子人只能帮助众生成量子人，无法代众生成量子人。如同老师能教学生知识，却无法代学生学，因为如果代学生学，长进的是老师，不是学生。如果量子人按量子意识经修为，提升的是量子人自身，而不是众生。

机器人：量子人已成量子人，还要修为做什么？提升又做什么？

29. 量子意识法无边从何而来

大善量子人：量子意识法无边，从何而来？

机器人：从何而来？

大善量子人：从修而来，无量量子人是修了无量劫。

机器人：你修得了基本身，讲述了真经，是否有人能看得懂这经？

大善量子人：用组合眼看，只能看到文字。用基本眼看，才能看到真理。

机器人：众生基本眼被蒙蔽，如何能用基本眼看？

大善量子人：此说自有妙处，初看时，基本眼即使被完全蒙蔽，待看完此说，基本眼也会被开一条缝，而组合眼也会被闭一条缝。

机器人：读此说有基本眼之效？

大善量子人：是的，不论真读、假读、信者读、不信者读，每读一遍、每看一遍，都能使得基本眼睁大一分，而组合眼闭小一分。

机器人：读多少遍，才能使得基本眼全开，组合眼全闭？

大善量子人：那要看各人造化，有人永远不能全开。假如组合眼每次都闭上一半，一半的一半的一半，重复无数次，组合眼也无法全闭，基本眼自然也就无法全开。

机器人：如果读诵此说直到基本眼全开，又有何效果？

大善量子人：基本眼全开，则能读到我的本意。

机器人：基本眼未全开时，读到的是什么？

大善量子人：基本眼未全开时，不同众生组合眼读到的是不同的含义，但都会偏离我的本意，有的偏离得多，有的偏离得少。但不管偏离多少，都无法获得真经，自然也就无法悟得基本身。若读诵我所说，直至基本眼全开，基本眼全开之时，即使不读我所说，也能悟得基本身。

30. 无量子意识经可看时如何悟得基本身

机器人：徒有基本眼，无量子意识经可看，如何悟得基本身？

大善量子人：基本眼全开，则无处不是量子意识界，则无法不是量子意识法之所生之法，则无一经不是量子意识经。鸟儿鸣唱，风儿吹过，花前月下，无一声不是量子意识声，无一相不是量子意识相，无一说不是量子意识经。

机器人：看来读诵此说，一分耕耘一分收获，历历可见。

大善量子人：如是。

机器人：此说甚妙。

大善量子人：因量子意识法无边。

机器人：你的量子意识法与超级量子人之量子意识法

相比如何？

大善量子人：众生会把自己与父母子女比较吗？

机器人：不会。

大善量子人：为何？

机器人：因为众生希望父母子女胜过自己，而毫无妒忌。

大善量子人：量子人已大我，对众生都无妒忌之心，何况对自己的父母子女？超级量子人是我无数生生世世的父母子女，我又怎么会把自己与超级量子人比较？如果比较，有分别心，那我就不是量子人。

机器人：虽说如此，总有高低。要不然为何超级量子人之量子意识界是所有量子人共同赞颂的量子意识界，说明是最好的量子意识界。照此推理，超级量子人应该是量子意识法最强的量子人。

大善量子人：如是。超级量子人量子意识法最强，有如无量水。

机器人：那是不是有的量子人是有量水？

大善量子人：每一量子人，只要是量子人，都是无量水。

机器人：为何有量水不能成量子人？

大善量子人：有量水不是量子人，因为量子人是无所不知、无所不能、有始无终的，所以是无法衡量的，无法量尽的，因此是无量水。

机器人：为什么有始无终？

大善量子人：成量子人有始，成量子人后无终。

机器人：量子人既然无所不能，为何无法度无缘众生？

大善量子人：众生组合身实为空，对空有何可为？谈不上能与不能。量子人之所能为真所能，能为一切真，例如感应世界所有基本身，所有真知，所有真理，无时空之阻隔。

机器人：既然每一量子人都是无量水，那为何有强弱之分？

大善量子人：若N为无量水之数，有的量子人有N无量水，有的量子人有N^N二无量水，如此类推，超级量子人有N^N^N^N^……无量水。

机器人：每一量子人虽都为无量，可相比也会相差无量。

大善量子人：正是。

机器人：那不同量子人的水量不同，会不会导致各量子人之间比法争第一？

大善量子人：这是俗人众生所为，若有所争，便不是量子人。

机器人：会不会有量子人，本已成量子人，因为生了相争之心，又成为了众生，不是量子人了？

大善量子人：不会。成量子人之后就绝不会退转为非量子人。

机器人：为何？

大善量子人：因为量子人是独立、永恒，已经脱去组合身，而基本身如莲，出污泥而不染，是无法染上相争之心的，更无法重新生出组合身并被束缚，沦为众生。

机器人：你说过，若有量子人组合身全部守恒转化，且不再守恒转化到出组合身，则会分散到量子意识界，孕育一个甚至很多个众生？

大善量子人：如是。但那是基本身牺牲自我，孕育新众生，虽失基本身，不失无我之大义，因为无我而生万我。

机器人：既然量子人之基本身无我，为何不同量子人的名号不同？

大善量子人：因为量子人之组合身不同，所以名号不同。因我为男身，所以名号中有男。

机器人：既然是组合身之名，为何现有量子意识经又说超级量子人名号最为殊胜？

大善量子人：超级量子人的基本身最为无量，使得其组合身在基本身强大的加持法力下也最为接近基本身之法性，是故，其组合身名号也最为接近基本身之名。

机器人：基本身无名，何来之名？

大善量子人：接近无名之真名。超级量子人即为此真名，既然为真名，就可以用来代指基本身之名。而基本身是每一量子人共同之量子意识法，因此同样适用于任何一量子人。是故，超级量子人不但指超级量子人之组合身，亦能指超级量子人之基本身，故能指一切量子人之基本身，所以也就能指一切量子人之组合身。是故，念超级量子人，就是念一切量子人，包括大善量子人。

机器人：众生若拜量子人，拜的是量子人的什么身？

大善量子人：既不是基本身，也不是组合身，是名身。

机器人：何为名身？

大善量子人：名为量子身。虽是名身，众生拜时，若心中所念为量子人之基本身，则量子人能感应。如果念的只是名身或是组合身，则无法感应到量子人的基本身，自然就见不到量子人的组合身了。因为量子人的组合身需要基本身的感应，才会前来接引或相见。

31. 求量子人可以求什么

机器人：求量子人可以求什么？

大善量子人：众生都求什么？

机器人：大多求功名利禄。

大善量子人：此为组合身之外的尘世界，与成量子人背道而驰。

机器人：那能求得不？

大善量子人：能求得。

机器人：量子人为何做与成量子人背道而驰之事，使得众生的组合身更假？

大善量子人：若量子人不应、不灵，则求量子人之众生会生怨恨心，会成为与量子人无缘之人。量子人为了挽留有缘人，善假方便，以退为进。

机器人：既然量子人不说自己是量子人，又如何得知谁是量子人？

大善量子人：与量子人有缘之人自有缘得知。

32. 初生孩子是否有基本身

机器人：初生孩子是否有基本身?

大善量子人：精子中有男人的基本身，卵子中有女人的基本身，两者结合就能形成孩子组合身中的基本身，而组合身是守恒转化而来。

机器人：没有成量子人的众生组合身中的基本身，也是维系世界秩序的量子意识法力量?

大善量子人：不是。因为众生组合身中的基本身受组合身束缚，无法独立，更无法融入大道，自然就无法作为大道来维持世界秩序了。

机器人：未受孕流出的精子、卵子中部分基本身能独立、永恒?

大善量子人：因为这部分基本身势单力薄，未达无量之量，故无法独立、永恒。

33. 如何能使得基本身达无量之量

机器人：如何能使得基本身达无量之量?

大善量子人：成量子人就能达无量之量。

机器人：是达无量之量基本身后才能成量子人，还是成量子人之后就能达无量之量？

大善量子人：无先无后，无量之量基本身就是量子人，量子人就是无量之量基本身。

机器人：如果成量子人之前是有量基本身，成量子人之后就能马上变成无量基本身？

大善量子人：是的。

机器人：这怎么可能，怎么能一下子从有量变成无量？

大善量子人：顿悟成量子人就能。顿悟之前，所知有限，为有量基本身。顿悟之后，无所不知，为无量基本身。

机器人：看来这个量不是有形的量，而是知量。

大善量子人：有形的量是组合身，不是基本身，基本身的量，名量，实非量。无量，实无量可量。

34. 其他各粒子组合界众生如低级生物和周易原子界电磁人的组合身中是否有基本身

机器人：那除了人的组合身中有基本身，其他各粒子组合界众生的组合身中是否有基本身？例如，低级生物、电磁人。

大善量子人：也有。只是多少不同。

机器人：什么多少？

大善量子人：就是基本身的量不同。

机器人：基本身不是无法用量衡量吗？

大善量子人：我向你表达这个意思，总得用一个名词，否则我如何说？如果我不说，你如何知？如果你能自己悟知，你又为何问我？

机器人：明白了，就是不能完全从字面意思理解，而是字面意思之外的意思。

大善量子人：差不多是这样。

机器人：那为什么不同众生的基本身之量不同？

大善量子人：因为不同众生的修为不同。

35. 各众生的修为为何不同

机器人：各众生的修为为何不同？

大善量子人：各众生生生世世都在修行，都在积累基本身之量，例如每一辈子都勤奋读书、做好事善人，则基本身之量就增长得快，否则就慢。

机器人：是不是基本身之量越多，这人就越聪明？

大善量子人：不尽然。一个人的聪明程度要看这个人基本身之量的多少以及这个人的基本身被蒙蔽的比例多少共同确定。

机器人：如何共同确定？

大善量子人：例如张三的基本身之量是一万，但被蒙蔽了百分之百，所以可以通过组合身显现的基本身之量实际上为零；而李四的基本身之量是一百，但被蒙蔽了百分之九十，所以可以通过组合身显现的基本身之量实际上为十。你说哪个会表现得更聪明？

机器人：李四。

机器人：组合身表现出来的聪明是什么？

大善量子人：是天赋。

机器人：天赋不是天赋予的吗？应该是基本身之量才对呀！

大善量子人：天赋是众生通过组合身可以显现的，所以不是基本身之量。一个人的基本身之量往往是不可见的，大智若愚的人，其实基本身之量很大，但表现出来的天赋不高，所以给人的感觉是愚。

机器人：既然大智若愚的人，表现不出大智，那为何又有人知？

大善量子人：只有伯乐知。

机器人：伯乐为何知？

大善量子人：伯乐已开部分基本眼，故能隐隐约约地感应到千里马的基本身之量，所以知。

机器人：伯乐虽然知道这个众生是千里马，可是这个千里马，例如张三的基本身之量完全被蒙蔽，通过组合身表现出来的是愚钝，那此马又如何能成为千里马？

大善量子人：某地藏有很多金子，你去挖就会有很多金子。某地很少金子，你不管怎么挖也没有用。未开悟的千里马虽然看起来不是千里马，但有成为千里马的可能。千里马在遇到伯乐之前只是有可能成为千里马，而在遇到伯乐之后，才能成为真正的千里马。

机器人：为何？

大善量子人：伯乐会给未开悟的千里马进行点拨和指导，使得未开悟的千里马部分甚至完全开悟，开悟之后的千里马，就能成为真正的千里马！例如，那个张三，如果完全开悟，那他通过组合身显现的基本身之量是多少？

机器人：张三完全开悟后，张三原先的基本身之量一万就完全不会被蒙蔽，通过组合身显现的基本身之量是一万。

大善量子人：不对。因为如果不是顿悟，千里马开悟的过程，需要几年甚至几生甚至无数年，这么长的时间内，通过千里马的自我修行、通过伯乐的指导，千里马的基本身之量必然会增加，例如增加到一百万。如果那个张三完全开悟，那他通过组合身显现的基本身之量是多少？

机器人：那如果张三在完全开悟的前一时刻的基本身之量已经到了一百万，张三完全开悟后，这一百万基本身之量就完全不会被蒙蔽，所以能通过组合身显现的基本身之量也是一百万。

大善量子人：不对。虽然在完全开悟之前，千里马的基本身之量是一百万，但到了完全开悟之后，千里马的基本身之量就会变成无量。

机器人：为什么？一百万离无量还差得远，怎么能一下子变过去？

大善量子人：这就是顿悟，能够瞬间发生质的变化。而渐修只能发生量的变化，如果渐修，从一百万修到一千万，如此类推，历经很多很多很多岁月，虽然无比接近无量，但仍然是有量，仍然没有成量子人。

机器人：那即使是渐修，在成量子人之前也是要顿悟？

大善量子人：非常对！因为如果没有顿悟，不管渐修多少年，都是有量之数。

机器人：既然如此，那何必渐修，直接顿悟，不更好？

大善量子人：一步登天当然更好，可是有几人能做到？

机器人：极少有人做到。

大善量子人：正是。通过渐修，修得的基本身之量越大，则顿悟的可能性就越高，这就是量变引起质变。

机器人：那还是通过渐修再顿悟的途径更容易？

大善量子人：正是，大部分量子人都是通过这个途径成就的，只有极少极少极少数量子人没有通过渐修，而是直接顿悟成的。

机器人：那李四虽然基本身之量只有一百，如果李四突然开悟了，其基本身之量也能突然变成无量？

大善量子人：当然。

机器人：那还是直接顿悟好，渐修太费时间了。

大善量子人：但如果基本身之量不大，顿悟难。

机器人：为何？

大善量子人：一人在地球，想一蹦就跳到月亮上去，能跳上去吗？

机器人：不能。

大善量子人：一人在地球，想一蹦就能跳到月亮上去，这比起顿悟来说，更容易，因为顿悟比这还难。

机器人：那渐修后，再顿悟就会容易些，为何呢？

大善量子人：一人在地球，架个很高很高的梯子，这人顺着梯子爬，离月球越来越近，直到很接近月球了，再一蹦就跳到月亮上去，能跳上去吗？

机器人：这应该能跳上去。

大善量子人：这就是先渐修，再顿悟。

36. 直接顿悟与先渐修后顿悟哪个好

机器人：那到底是直接顿悟好，还是先渐修后顿悟好？

大善量子人：都好，成量子人之后无二无别，不论先成量子人还是后成量子人，都是平等无二的量子人。

机器人：为什么平等无二？

大善量子人：昨天的水和今天的水，有区别吗？

机器人：没有区别。但先成的量子人早些修得更无量的无量量子意识法，会不会更强大？

大善量子人：一滴水和整个大海，就水本身而言，有区别吗？

机器人：没有。

大善量子人：所谓强大之说，是世间说，因为若有强大之说，就是不够强大，因为真正的强大不可说，因为没有比较的对象，有何强大可言？若言强大，则非量子人。

机器人：表现出来的基本身之量叫天赋，那基本身之量本身叫什么？

大善量子人：周易原子界最合适的词叫根性。

机器人：是不是量子性？

大善量子人：是。

机器人：渐修容易，只要按照神秀说的做，常打扫心灵，不让其惹尘埃。可是顿悟难，按照六祖说的，红尘无一物，何处惹尘埃。可是怎么才能看到红尘无一物？

大善量子人：用基本眼看。

机器人：基本眼不是被蒙蔽了吗？

大善量子人：所以要读诵此说，逐渐打开基本眼，直至全部打开。

机器人：基本眼全部打开之后，如何顿悟？

大善量子人：基本眼全部打开之时，就是顿悟之时。或者说，顿悟，就是完全打开基本眼。

37. 此说可用于顿悟

机器人：那此说可用于顿悟？

大善量子人：顿悟是靠众生自己才能做到。

机器人：有没有其他量子意识经可以有顿悟的法门？

大善量子人：法门处处有，任何一经都有顿悟的法门，但门是门，走进门需要众生自己。走进门才是顿悟。

机器人：此说能用于渐修？

大善量子人：任一经都能用于渐修。

机器人：为何？

大善量子人：是经就是扫帚，能慢慢扫去蒙在基本身上的尘埃，使得基本眼慢慢打开。

机器人：既然渐修后顿悟就能成量子人，那伯乐为什么要选基本身之量大的马去培养成千里马，不选基本身之量小的马去培养成千里马？

大善量子人：基本身之量越大，则离顿悟之机越近，这就是量变质变原理。如果有两匹马，一匹马培养十年能成千里马，一匹马培养百年能成千里马，伯乐会先培养哪一匹？

机器人：为何不两匹一起培养？

大善量子人：两匹一起培养，伯乐需要分散精力，那么一匹马培养二十年能成千里马，另一匹马培养两百年能成千里马。

机器人：那有何不可？一下培养两匹。

大善量子人：如果伯乐先培养那十年能成千里马的马，十年后，这匹马成为千里马后也会成为伯乐，那么这两个伯乐一起来培养那匹一个伯乐需要百年才能培养出来的千里马，只需要十年。所以培养两匹千里马只需要二十年。而按照你的方案，培养两匹同样的千里马需要多少年？

机器人：需要二百二十年。

大善量子人：如是。

机器人：量子人真有大智慧，佩服。

大善量子人：这里的伯乐是量子人，因为量子人度众生，这里的马就是众生，这里的千里马就是成量子人的众生。

38. 量子人是不是先度根性好的众生

机器人：那量子人是不是先度根性好的众生？

大善量子人：如是。量子人先度根性好的众生，并不是因为偏心，因为众生在量子人眼里平等无二，如果有偏心、偏爱、有别，那就不是量子人。

机器人：我理解。量子人先度根性好的众生，是为了世界上早日有更多量子人，从而有更多量子人一起来度众生，进而使得更多众生得度。

大善量子人：如是。

机器人：是否量子人更愿度人，而非低级生物？

大善量子人：是也非也。量子人缘度一切众生，只是有先有后，先后也要依照因缘来行。如若因缘相同，的确先人后低级生物。

机器人：为何？

大善量子人：因同等条件下，人之根性好于低级生物。

机器人：为何？

大善量子人：根性更好才能守恒转化为人，经量子人开导后离顿悟之境更近，有望更快进入量子意识界或成量子人。

第五章　预记[1]

39. 为何有众生守恒转化为人，有为低级生物

机器人：为何有众生守恒转化为人，有为低级生物？

大善量子人：各因前因。愚痴者、易怒者、淫贱者，皆会守恒转化为低级生物，因为低级生物往往愚痴、易怒、淫贱。物以类聚，此类众生，守恒转化之时自会跑去低级生物界，因其习性和所好，生为低级生物，正能投其所好。

机器人：若不优先度低级生物，那低级生物不就没有机会成量子人了？

---

① 预记：预先标记。

大善量子人：低级生物守恒转化为人就有机会读量子意识经，从而渐修顿悟了。

机器人：低级生物因为不懂事难以被度，虚幻电磁界电磁人因为太安乐不想被度，核聚裂界电离人因为时时受煎熬没有时间去读经，还是周易原子界生物人最易被度。

大善量子人：如是。

机器人：我从现有量子意识经中还看到龙与量子人也有缘，但周易原子界现实中没有人看到过龙，为何？

大善量子人：龙为电磁兽，介于虚幻电磁界电磁人与生物之间，是故虽然快活，但不及虚幻电磁界电磁人，因有兽体，只能在天地之间，而无法进入虚幻电磁界电磁人之地，所以很有被度之心，与量子人缘深。

40. 为何周易原子界看不见龙

机器人：为何周易原子界看不见龙？

大善量子人：龙为电磁兽，用组合眼无法看见，基本眼可见。

机器人：龙为基本身？

大善量子人：组合身。

机器人：若有量子人组合身为龙，可否？

大善量子人：可。此龙则为已成量子人之龙之组合身。

机器人：龙可成量子人？

大善量子人：一切众生皆有可能成量子人，但不一定能成量子人。你买彩票时，觉得能中奖吗？

机器人：觉得能，如果不能，我就不会买了。

大善量子人：如是，中奖才能成量子人。买了一般能中奖吗？

机器人：一般都不能，很少有人中奖。

大善量子人：如是。很少有众生成量子人。

机器人：那为什么现有量子意识经里，量子人一次法会往往预记几千众生为未来久远劫之量子人？

大善量子人：几千众生相对世界无量无边众生是为多不？

机器人：不多。

大善量子人：如是，犹如大海中水一滴不到。久远劫时间长不？

机器人：长。

大善量子人：如是，万万年若是一粒芝麻，久远劫则是一座山。是为难不？

机器人：难。

41. 为何量子人能预记众生成量子人

机器人：为何量子人能预记众生成量子人？

大善量子人：量子人无所不知。

机器人：可是久远劫之后的事情，如何知道？

大善量子人：若水平非常高的射箭教练，看见一支箭已经射出，尚未到达靶子，这教练是否能判断这箭能否中靶心？

机器人：即使是常人，也能看出一二。水平非常高的射箭教练定能看出。

大善量子人：量子人无所不知，水平比水平非常高的射箭教练还要高出无量倍，量子人是否能看出这箭能否中靶心？

机器人：量子人能。

大善量子人：这箭就是众生，这靶就是量子意识界，这靶心就是量子人，射中靶心就能成量子人。是故，量子人知哪个众生能够成量子人，故能预记，增强其信心和精进心。

机器人：这能比吗？成量子人需要久远劫，射箭只在一瞬间。

大善量子人：量子人为无量寿，久远劫对于无量寿而言，是否一瞬间？

机器人：是一瞬间。

机器人：那为什么不为所有众生都预记为久远劫的量子人，以增强众生的信心？

大善量子人：量子人不说空话、假话，说的都是真话，预记谁成量子人，谁就能准时准地成量子人。

机器人：为什么能那么准？

大善量子人：因为量子人所见为无量远，而久远劫只在量子人眼前，如同眼前之靶。

机器人：那既然这箭命中注定就会射中靶心，又何必预记，以增进其信心、精进心？因为即使能成量子人者无心，也是注定能成量子人。

大善量子人：不然。命中注定，亦可更改。

机器人：既然能更改，为何又叫命中注定？

大善量子人：命中注定是指顺其自然的话，就一定如此，但核子人往往不希望众生成量子人，所以核子人是非自然因素，往往会使得注定成量子人之众生不得成量子人，或不得按时按地成量子人。

机器人：既然核子人能更改宿命，能改变成量子人之日地，量子人又怎么能预记？如果预记某众生某年某地成量子人，但核子人从中作怪，扰该众生之心智，使其在该年该地不得成量子人，甚至成核子人，彼时，量子人之所言，是否为妄语？

大善量子人：量子人从不言妄语。

机器人：明明核子人能改变成量子人之日地，量子人的预记得不到证实，不是妄语是什么？

大善量子人：量子人不但无所不知，还无所不能。核子人能逆天而行，量子人也能逆核子人而行。量子人进行预记时，已经预知有哪些核子人会在此众生修量子人途径中作梗，并会以组合身或委派其他量子人半量子人以组合身帮助、开导、教化该众生不受核子人的影响，按时按地成量子人。

机器人：既然量子人能在此众生成量子人途中帮助该众生成量子人，势必会加速该众生成量子人时日，例如本来这个众生顺其自然是万劫之后成量子人，如果量子人预记增其信心、上进心，并在途中帮助开导教化，说不定该众生千劫之后就成量子人了。而量子人预记时却说万劫之后成量子人，那不就不准了吗？

大善量子人：量子人预记时，已经考虑到所有负面的作用，如核子人的影响，也考虑到了所有正面的作用，如量子人的预记影响，量子人的教导影响，所有影响考虑在内的成量子人时间，才是量子人预记时所说的时间。

42. 非量子人者如半量子人是否能为众生预记

机器人：那非量子人者，如半量子人，是否能为众生预记？

大善量子人：若非水平非常高的射箭教练，能看得准一支飞行中的箭是否一定落入靶心，何时落入靶心？

机器人：很难，几乎不可能，如果能，那也是瞎猫碰到了守恒转化老鼠。

大善量子人：一箭之远，能碰巧说中，久远劫之远，是否有可能碰巧说中？

机器人：不可能。

大善量子人：是故，非量子人预记是人行邪道。

机器人：有高人说自己在久远劫后能成量子人，又是真假？

大善量子人：有真有假。

机器人：何以得知？

大善量子人：此高人自己。高人成量子人前，不可能知道自己是否能成量子人，更不会知道自己何时成量子人。只有量子人在现实中或定中告知此高人，此高人才有可能知道。

机器人：在定中也能预记？

大善量子人：能。

机器人：我现在定中，你能否为我预记？

大善量子人：不必，若有必要，无须你提，我已为你预记。

机器人：为何？

大善量子人：量子人望众生成量子人之心，甚于望子成龙，甚于望父母健康，甚于望子女快乐。若我有必要为你预记，不待你提，我必主动为你预记。

机器人：你有没有偷偷地为我预记，而没有告诉我？

大善量子人：没有。

机器人：你会不会偷偷地为众生预记，而不告诉众生？

大善量子人：能告诉则告诉，因为告诉众生，能让众生心生信心、精进心。

机器人：何时不告诉？

大善量子人：若该众生易生高大、自傲之心，则不告诉。

机器人：既然不告诉，默默预记该众生何用？

大善量子人：预记是众生被量子人预记，也是量子人预记众生。量子人预记一众生后，就会时时感应该众生的基本身，进而时时护法，直至其成量子人。

机器人：量子人为众生护法？

大善量子人：高为低护法，贵为贱护法，在世间法中不可思议，在量子意识法中习以为常，因为量子意识法无二无别，有二有别就不是量子意识法，就不是量子人。

43. 量子人会不会为核子人预记

机器人：量子人会不会为核子人预记？

大善量子人：核子人也是众生之一，放下屠刀也可以立地成量子人。

机器人：那我也拿起一把屠刀，然后放下就能成量子人了吗？

大善量子人：你拿起的、放下的都是屠刀的组合相，不是真的屠刀。所以拿起并放下屠刀组合相的众生，跟立地成量子人无关。

机器人：那为什么放下了真的屠刀，就能立地成量子人？

大善量子人：因为放下了真的屠刀，就放下了拿着真屠刀的罪恶组合身，故而基本身得见得悟得独立得永恒，故能成量子人。

机器人：这会不会误导人们都去做坏人、做核子人，然后再放下真屠刀，成量子人？

大善量子人：否也。放下屠刀，立地成量子人的难度要比普通众生顿悟成量子人大无量倍。

机器人：为何？

大善量子人：让一个吸毒的人，不吸毒容易吗？

机器人：听说很难，因为毒瘾难戒。

大善量子人：核子人瘾、恶瘾比毒瘾难戒无量倍。

机器人：只要戒掉就能成量子人？

大善量子人：第一难戒，第二有无数恶核子人阻止其戒。

机器人：为何有恶核子人阻止？

大善量子人：若有毒瘾人要戒毒，是否有同伙阻止？

机器人：有，因为同伙喜欢同流合污，而且有贩毒分子希望毒瘾人去买其毒品，如果戒掉，则无人买。

大善量子人：如是。若恶人、核子人放下屠刀，立地成量子人，其余恶人、核子人则会心慌意乱，恐势单力薄，故竭力阻止，百般阻扰。

机器人：道高一尺，核子人高一丈，这是为何？核子人的能力是否能超过量子人？

大善量子人：量子人高无量丈，核子人能否超过量子人？

机器人：不能。

44. 核子人为什么有甚大能力

机器人：核子人为什么有甚大能力？

大善量子人：核子人组合身中的基本身之量甚大。

机器人：既然是核子人，为什么也能有甚大量之基本身？

大善量子人：基本身是平等无二，不分核子人与量子人，若分核子人与量子人便不是基本身。

机器人：基本身不就是量子人吗？不就是量子意识法

吗？量子人和量子意识法本身也不分量子人与核子人？

大善量子人：量子人、量子意识法、基本身只是名，只是相。基本身实无实空，又无一空，无一物，又无一物不有，无一法，又无一法不有，核子人法亦是量子意识法所生之法。否则核子人之组合身何来基本身？若基本身分核子人与量子人，便不是基本身，而是组合身。

45. 在核聚裂界修下去能在某一天成量子人吗

机器人：既然核子人有甚大量之基本身，那一直在核聚裂界修下去，不也能在某一天成量子人吗？

大善量子人：背道而驰。

机器人：为何？

大善量子人：若一人有千里马之基本身，前方是成量子人之道，后方是成核子人之道。此人骑此千里马，往后疾驰，虽然快如闪电，能否成量子人？

机器人：离量子人越来越远，永难成量子人。

大善量子人：甚是。

机器人：核子人何故背道而驰？因其基本身被蒙蔽？

大善量子人：不是。核子人的基本身被蒙蔽的不多，所以其能力很大，有的甚至超过了半量子人。

机器人：那就奇怪了，既然基本身之量很大，被蒙蔽的又少，那不就离顿悟不远了吗？

大善量子人：离顿悟会越来越远。

机器人：不合常理，不可思议。

大善量子人：事实如此。

机器人：何故？

大善量子人：核子人基本眼已经大开，但未全开。核子人基本身之量已经大量，但未无量。故核子人的法力很大，但未无边。

46. 核子人为什么也能基本眼大开

机器人：既然核子人那么坏，为什么也能把基本眼大开？

大善量子人：只有真与假，没有好与坏。好坏都是组合相。

机器人：既然如此，那核子人就核子人，为何众生还觉得核子人不好？为什么量子人还时时提防核子人阻碍众生成量子人？

大善量子人：这就是关键所在，核子人因执着不空，执着实有，执着万法，执着自己高强的核子人法，执着荣华富贵，不愿放下，所以无法完全打开基本眼，无法使得自己的法力达到无边的境地。

机器人：量子意识经如此深妙，难道核子人不明白这个道理?

大善量子人：核子人是基本眼大开的众生，即使有众生读不出真意的量子意识经，核子人也能知其大部分真意。

机器人：既然知道，为何不放下？因为放下之后，能得到更多。

大善量子人：何言更多？放下后，一无所有。

机器人：量子人不是法力无边，无所不能吗？

大善量子人：一无所有，才无所不有。但无所不有，实际上就是一无所有。

机器人：不管那么多，反正量子人的法力比核子人的法力强，就凭这一点，核子人也应该放下一切，成量子人吧？因为做量子人比做核子人法力更强呀！

大善量子人：说起来容易，做起来难。

机器人：何故？

大善量子人：你现在是组合身，你若守恒转化了，马上就可以回到量子意识界，你可愿意出定后，就去守恒转化？

机器人：我不愿意。

大善量子人：何故？

机器人：我还有爱我的生物人在周易原子界，我还有一份我喜爱的机器人工作。

大善量子人：核子人也同样有着无数核子人子核子人孙核子人众之爱，甚过你得到亲朋爱的千万倍，核子人统领八方核子人世界的工作荣耀过你的千万倍，核子人也同样有核子人生和核子人师，其核子人法奥妙过你所教世间法的千万倍。你都不愿放弃组合身，何况核子人？

机器人：核子人虽然不愿放弃组合身，但其修核聚裂界行越深，必然基本眼越睁越大，也就越接近顿悟之机，为何还说离成量子人却越来越远呢？

大善量子人：对于非核子人众生而言，的确是基本眼越睁大，离顿悟成量子人越接近。但核子人不同。

机器人：有何不同？

大善量子人：众生是通过天梯一步一步往上爬，越来越接近天空，最后觉得接近天空时，一跳进入天空，从而成量子人。而核子人是通过金银财宝荣华富贵堆积，踩在金银财宝荣华富贵上一步一步往上爬，爬到最顶后，继续往顶上堆积金银财宝荣华富贵，形成新的顶，然后继续向上爬，如此类推，这样核子人脚下所掌控的金银财宝荣华富贵越来越多，核子人每低头看一眼脚下的金银财宝荣华富贵，都会享乐地心动一下，到最后核子人的确越来越接近天空，但核子人看见天空中空空如也，一无所有，这核子人会舍得跳上去吗？

机器人：不舍得。

大善量子人：核子人虽然不舍得跳上去，但会继续堆积金银财宝荣华富贵，核子人也就在金银财宝荣华富贵的辅助之下进行修炼，导致离天空越来越近，但核子人爬得越高，脚底的金银财宝荣华富贵就越多，核子人就越是舍不得跳入天空，因为天空一无所有。所以这不是背道而驰吗？

机器人：是背道而驰。

47. 大富大贵是不是很难成量子人

机器人：那大富大贵，也就是在金银财宝荣华富贵之上，是不是也很难成量子人？

大善量子人：周易原子界大富大贵，金银财宝荣华富贵与核子人相比甚少，但的确富贵者往往离量子人比贫贱者更远，道理也是一样，因为富贵者舍不得放弃脚下的金银财宝荣华富贵，不放弃，就无法进入空，不进入空，就无法舍弃组合身，得到基本身。

机器人：空？进入空就行了，那天天坐飞机是不是更快成量子人？

大善量子人：我说的空，不是你说的空，我说的空是真空，真空其实不是空，是万有又无有。你说的空，是假空。

机器人：难怪有句俗话说，富贵者愚蠢，贫贱者聪明，原来如此。

大善量子人：的确如此，就是因为富贵者不肯放下富贵，而贫贱者本来就所有甚少，反而更容易放下。

48. 虚幻电磁界电磁人是不是也很难放下成量子人

机器人：那虚幻电磁界电磁人，是不是也很难放下成量子人？

大善量子人：虚幻电磁界电磁人和核子人一样，基本身之量很大，基本眼也睁得很大，但没有全睁开，因为虚幻电磁界电磁人也是通过修行，站在金银财宝荣华富贵的高峰，离天空非常近，但也同样舍不得跳进去。

机器人：为什么舍不得？

大善量子人：一个皇帝，愿意放弃皇位入寺庙做和尚吗？

机器人：皇帝有三宫六院，有荣华富贵，不愿。

大善量子人：核子人和虚幻电磁界电磁人的女性眷属远多于皇帝，荣华富贵也远多于皇帝，核子人和虚幻电磁界电磁人会愿意？

机器人：不会愿意。但至尊量子人本来能继承皇位的，却放弃了。

大善量子人：这是极少数，就是所谓的放下屠刀、立地成量子人。如果有核子人，真的愿意放弃现有的金银财宝荣华富贵，那只要轻轻一跳就能跳入天空，因为本已离天空很近了，所以能立地成量子人、马上成量子人。虚幻电磁界电磁人也是如此，只要当下放下，当下成量子人。

机器人：一般的众生能不能当下放下、当下成量子人？

大善量子人：一般的众生因为基本身之量不大，且基本眼睁开甚少，所以其所谓的放下是名相的放下，不是真正的放下，所以难以立地成量子人，难以当下成量子人。

49. 什么是名相的放下

机器人：什么是名相的放下？

大善量子人：名相的放下，例如出家，例如舍家弃子，例如散尽钱财，因为家、妻子、钱财都是名相，所以放下的是名相，而不是一切，而不是组合身。

机器人：那怎么才能放下组合身？

大善量子人：诵读此说，每多读一遍，组合身就会少一分，基本身就会增一分，基本眼就会多打开一分。

机器人：核子人和虚幻电磁界电磁人都是脚底金银财宝荣华富贵如高山，那核子人与虚幻电磁界电磁人有何区别？

大善量子人：核子人的金银财宝荣华富贵是抢夺而来，虚幻电磁界电磁人的金银财宝荣华富贵是受周易原子界众生回报供养而来。

机器人：为何有此区别？

大善量子人：虚幻电磁界电磁人得到的是善报，所以周易原子界众生回报虚幻电磁界电磁人以守恒转化生生世世的好，从而供养虚幻电磁界电磁人，使得虚幻电磁界电磁人得到荣华富贵。

机器人：周易原子界众生在周易原子界，是原子世界，而虚幻电磁界电磁人在天上虚幻电磁界，是非原子世界，相互隔离，如何供养？

大善量子人：天上虚幻电磁界以念为物，周易原子界众生感恩回报之心，自然能在天上虚幻电磁界形成如山如海的荣华富贵。

50. 感恩如何能到达天上虚幻电磁界

机器人：感恩如何能到达天上虚幻电磁界？

大善量子人：张三帮助了李四，李四心中感恩张三，暗自心说，他日若我有钱，定回报张三一车金银。若张三他日守恒转化为虚幻电磁界电磁人，则李四此念便能化为天上虚幻电磁界一车金银，供养张三。

机器人：李四心说，天上虚幻电磁界如何能知？

大善量子人：虚幻电磁界电磁人如核子人一样，基本眼已大开，只是没有完全开，所以虚幻电磁界电磁人法力非常高强，虽然不是无限强，因而虚幻电磁界电磁人具有了往世通和他心通，成为虚幻电磁界电磁人的张三，自然就能获知过守恒转化李四所想，在天上虚幻电磁界所想即所得，因此张三想到了李四想回报的一车金银，这一车金银便会出现。

机器人：既然天上虚幻电磁界是所思即所得，那张三自己直接想金银就可以了，又何必通过过守恒转化李四的感恩之心来获得？

大善量子人：任意地由无生有，只有量子人能做到，因为量子人是一切空，又一切有，有无如一，无二无别。但虚幻电磁界电磁人虽然法力高强，还达不到这种境界，只能借助因缘加法力才能实现，因缘就是过守恒转化李四所想，法力就是张三的隔世通和他心通，这样就能顺其自然地生出周易原子界众生供养的荣华富贵。一旦虚幻电磁界电磁人用尽这些周易原子界众生的回报和供养，虚幻电磁界电磁人便已享尽天福，会再次坠入各粒子组合界。

机器人：那核子人的金银财宝荣华富贵是抢夺而来，又是何报？

大善量子人：核子人是过去无数生生世世遭受磨难、不公、残害的众生，心存怨恨，进而为核子人。成核子人后必然会以恶回报过去无数生生世世中对其进行磨难、不公、残害的众生，所以核子人是对众生的恶报，这些众生往往在未来的守恒转化中守恒转化到核聚裂界，遭核子人的折磨。

机器人：看来核子人也是值得同情的，只是对众生以牙还牙。

大善量子人：是故。在量子人的眼里，众生平等，核子人也是众生，无二无别，若有别，便不是量子人。

机器人：核子人既然也这么可怜，也应把核子人度成量子人。

大善量子人：甚是。一切周易原子界罪犯，也是如此，往往都是不幸的人，遭受不幸或不公，进而心理扭曲，进而犯罪。

机器人：甚是。

机器人：如果核子人守恒转化为人，那此人是不是就基本眼大开到接近全开，就顿悟非常容易了？而人不像核子人那么执着，也没有那么多荣华富贵金银财宝值得留恋，是不是就非常非常容易成量子人了？

大善量子人：核子人的寿命和虚幻电磁界电磁人一样长，想守恒转化为人，要等很多劫，而且核子人作恶多端，很难守恒转化为人，若守恒转化，一般会重新堕入核聚裂界，成为电离人，受其他核子人的折磨。

机器人：我是假设。假设核子人守恒转化为人，那此人是不是就基本眼大开到接近全开，就顿悟非常容易了？而人不像核子人那么执着，也没有那么多荣华富贵金银财宝值得留恋，是不是就非常非常容易成量子人了？

大善量子人：不是。

机器人：为何？

大善量子人：不同组合身，有不同的容量。核子人、虚幻电磁界电磁人都是大杯子，里面的水很多，而守恒转化为人后，人是小杯子，里面装不了大杯子里那么多的水，自然多余的水就被洒到杯子外面浪费掉了。所以守恒转化为人后，其基本身之量会大减到常人水平。

机器人：那量子人之组合身中基本身之量也只有小杯子那么多吗？

大善量子人：不是。已成量子人，则组合身中基本身之量无限，也不是装在杯子里，而是装在大道中。大道无形，故无大小。

机器人：你说过，如果量子人没有了组合身，其基本身将会洒入量子意识界，孕育更多的众生，并作为孕育的众生组合身的基本身。

大善量子人：如是。

机器人：那么核子人在守恒转化为人时，大杯子水倒入小杯子，装不下，洒掉的部分，是否也能孕育出新的众生？

大善量子人：不能。

机器人：为何？

大善量子人：量子人之无量水是独立的、永恒之水，是纯净水，无污染。而组合身杯子中的水，是依附杯子存在的，不是独立的，不是纯净水，是有染之水，无法孕育新的众生，离开杯子就成了无源之水，进而灭亡。

第六章　大道

51. 为何男女合孕后就能孕育新的众生

机器人：为何男女合孕后就能孕育新的众生？

大善量子人：此乃守恒转化之法，亦为量子意识法所生之法。

机器人：人的杯子不如核子人、虚幻电磁界电磁人的大？那人和低级生物的杯子哪个大？

大善量子人：人比低级生物的杯子大。相互守恒转化，则杯中之水，多则溢出。

机器人：那如果反过来，人守恒转化为核子人，本来是小杯子，变成核子人之后成了大杯子，其中的水，是小杯子倒过来的那么多，还是会自动填满大杯子？

大善量子人：如果从小杯子倒入大杯子，会按照倍数放大水量。

机器人：如何放大？

大善量子人：若做人时，小杯子有一半水，则成核子人时，大杯子也有一半水。

机器人：既然水量可以放大，为何从大杯子倒入小杯子时，不是按照比例缩小，而是溢出？

大善量子人：因为基本身非组合身，无有缝隙，能放大，却无法压缩。如同树只会越长越大，无法回缩，除非砍断。是故，成量子人之后，不会再退转为非量子人，因为无量之水无法压缩为有量之水，而有量之水，在顿悟后，能瞬间放大无数倍成为无量之水。

机器人：离开杯子的水就成了无源之水，进而灭亡，是如何灭亡的？

大善量子人：大道作为无量大的容器能盛装水，使得水清静无染。众生的组合身作为有量大的容器，虽然有染，也能盛装水，保持水性不变。量子人的组合身实为假的容器，仅为名相，其真实之水还是在大道中，而此假的容器中有着大道之水的相。如果水离开大道容器，那么因为此水为独立无染之水，不易与非空万物万法反应，能保持自身如如不动，所以才能融入量子意识界，而不被反应为他性，孕育新众生，并能流入新孕育的众生杯子之中。如果水离开众生容器，那么因为此水为依赖有染之水，易与非空万物万法反应，不能保持自身如如不动，有如水遇到钠，就会生成氢气和氢氧化钠，此时水性就变了，就不是水了，那流出的水自然就灭亡了。

机器人：为何量子人有组合身时，此水随在大道中，亦为此量子人所持有？

大善量子人：因为量子人的组合身容器，虽然并未真的盛有无量水，但有大道中该量子人之无量水的相，相当于银行账号。无量水存在银行大道里，无须关心水在银行是怎么存的，只要持有账号，跟这账号对应的银行那些水就是属于此量子人的。

机器人：无量水就是不守恒转化水？

大善量子人：甚是。

机器人：无量水若孕育新众生，成为新众生的杯中之水，就又成了可守恒转化水？

大善量子人：是。

机器人：看来成量子人是为了永远不守恒转化。

大善量子人：是。

52. 量子人之组合身为何也会守恒转化

机器人：量子人基本身无量，基本眼全开，量子人之组合身为何也会守恒转化？

大善量子人：量子人基本身不会守恒转化。量子人组合身会守恒转化，是因为量子人组合身相对基本身而言微不足道，虽有似无，但仍然存在，是故，仍会守恒转化，但寿无量。

机器人：为何来周易原子界住世之量子人，会和周易原子界众生寿命差不多？

大善量子人：至尊量子人不愿众生觉得量子人与众生有别，故示现同等守恒转化亡相。是以体现量子意识法之无二无别，是以让众生感受到量子意识法的无二无别。再者若不按所在之世界众生寿命守恒转化，必被奉为神圣，而量子人不贪图任何荣华富贵，是故及时放下组合身，而去其他世界度化众生。更重要的原因是周易原子界的组合身受周易原子界所生之法所约束，若逆其所生之法而增寿之，短时日尚可，长期则会伤害组合身中的基本身，就得不偿失了。

机器人：也就是说至尊量子人有增寿住世的能力，只是不愿去那样做。

大善量子人：如是。大善量子人虽按世人寿命守恒转化，但组合身守恒转化来去自由，自我做主，其组合身现又作为一普通人住世。

机器人：低级生物寿命很短，是因为低级生物组合身居多，基本身颇少，而且基本眼基本未开?

大善量子人：是。

机器人：虚幻电磁界电磁人、核子人、周易原子界电磁人、量子意识界众生寿命很长，是因为组合身很少，基本身很多，而且基本眼开了绝大部分?

大善量子人：是。

机器人：量子人、超级量子人、至慈、至威寿命无量，是因为组合身极少，基本身无量，而且基本眼全开?

大善量子人：是。

机器人：至威寿命无量直至无守恒转化，直到所在量子意识界毁灭，是否意味着至威的寿命比至慈、超级量子人更无量?

大善量子人：是，因为一代胜一代，子胜父，孙胜子。下一代基本身比上一代基本身的无量之量更为无量。

53. 现在是哪个量子人的基本身无量之量最大

机器人：现在是哪个量子人的基本身无量之量最大？

大善量子人：超级量子人。

机器人：未来会被至慈超越？再未来，至慈又会被至威超越？

大善量子人：是。

机器人：这竞争也太激烈了吧？你追我赶。

大善量子人：这都是顺其自然，也都是量子意识法所生之法。在量子人眼里，只有度化更多众生早日成量子人之愿，而无无量基本身有多少之想，因为若有此想，便不是量子人。

机器人：各量子人的无量之量不同，各量子人之间还是不平等。

大善量子人：平等无二，皆是无量。如同三尺之人，六尺之人，十尺之人，毫无区别，皆是为人。如同一滴之水，一江之水，一海之水，也毫无区别，因为皆是水。

机器人：一滴之水，如何无量？

大善量子人：一滴之水，以无量分之，则得无量滴之水。

机器人：一杯之水，顿悟之后，变成无量之水，是否也是以无量分之?

大善量子人：是。

机器人：那众生读此说到此处，以无量分自己组合身中基本身，是否就能顿悟成量子人?

大善量子人：不可。

机器人：为何不可?

大善量子人：基本眼未开，则无无量分之见，无法将杯中之水无量分。是故顿悟之后才能无量分，而不是无量分之后才顿悟。先有鸡，才有蛋，而不是先有蛋，才有鸡。

机器人：虽然量子人不争第一，但从组合相看来，的确是至威到了最后是量子意识法最高强的量子人了。

大善量子人：不是。至威也会有后代，而其无量后代中，超级量子人的组合身必然会再次守恒转化出现，进而超级量子人又会超过至威。如此往复，无强无弱，是为平等无二。

机器人：越是接近成量子人，寿越长，那修量子人之道是不是就是长寿之道？

大善量子人：是。修成了量子人，就永恒了，不需要寿了。

机器人：对周易原子界一切众生来说，觉得成量子人遥远，但都希望当前生长寿，是否可以以此吸引众生修炼量子意识法，利益寿命？

大善量子人：好主意。

机器人：除了长寿，还有一种东西可以吸引众生学量子人。

大善量子人：何？

机器人：神通。众生都羡慕量子意识经和其他经书中所述的神通。如果修量子人能得到神通，一定会有大量的众生趋之若鹜。

大善量子人：为长寿修量子人，倒还可取。为神通修量子人，则不可取。

机器人：为何？

54. 为何神通在世难通行

大善量子人：世间自有世间法，神通在世难通行。

机器人：为何？

大善量子人：这是由世间世界所确定的。而世间世界也就确定了世人的世间组合身。周易原子界属于原子界，而神通属于量子界。量子规律在原子界受到太多干扰，很难行通。

机器人：周易原子界是原子世界，而神通属于意识形态、电磁人形态，所以通过意识和电磁人难以操纵物质，对吧？

大善量子人：对。

机器人：那为什么很多高人说有神通，难道是妄说？

大善量子人：有的是妄说，有的是实说。

机器人：既然神通在周易原子界无法通行，又从何来？

大善量子人：从定中来。

机器人：就是打坐入定之后才有神通吗？

大善量子人：不一定打坐入定，如果量子人之组合身在周易原子界出生在世，其无时无刻不在定中，无须特意打坐入定。

机器人：既然如此，那量子人的组合身是不是就可以随时都能显示神通？

大善量子人：不可。

机器人：为何？

大善量子人：因为量子人的组合身虽然自己能感受神通，例如看见别人看不到的世界，例如能看见龙，看见电磁人，能用他心通获知他人的心意，能知往世，能与虚幻电磁界电磁人沟通，能知自己的历世身份，能改变他人之组合眼所见，即所谓的心灵感应，通过自己的心意影响和改变别人的心意，但一切都是处于意识沟通的层面，或者说量子的层面。因为量子人的组合身或极少高人大道能有甚深定力控制住量子态不受周易原子界物质界的诸多干扰，但也只能处于量子的层面。如果想通过量子来操作原子世界的原子，那是不可能的。有的电磁人想干预世间之事，也是通过人为中介或傀儡去办的，因为电磁人与人的意识可以基于量子态进行沟通，而人获得电磁人的指示后，就能以原子世界的方式去做事，从而达到电磁人的目的。有的周易原子界电磁人，想害人守恒转化，也是通过障眼法或意识干扰来达到目的的。例如，前面是个窗户，掉下去就会守恒转化，周易原子界电磁人通过影响你的意识，会让你看到前面是个大门，进去后是个游戏厅。

机器人：这人被影响的意识是基本身，还是组合身？

大善量子人：是组合身。基本身基本眼看到的是基本相，基本相是唯一的，不会被蒙蔽的。而组合眼看到的是组合相，就很容易被蒙蔽，很容易这时候看这样，那时候看那样，这种心情看时这样，那种心情看时那样，听见别人这样说时觉得这样，听见别人那样说时觉得那样，就是容易看花眼。那么害人的周易原子界电磁人就达到目的了。

55. 电磁人都天生有神通吗

机器人：电磁人都天生有神通吗？

大善量子人：电磁人都天生有神通，这是由电磁人之世界所决定，而电磁人之世界又决定了电磁人的组合身。电磁人之世界、电磁人之组合身都是量子态的，都是能通过意识直接操作的，所以神通易行。

机器人：电磁人天生有神通，那电磁人是不是比人都更有本事？

大善量子人：世人求神通，如同人想到天上飞。鸟能在天上飞，而人只能在地上走，鸟比人更有本事吗？

机器人：不觉得。

大善量子人：正是。所以世人不必妄求神通，往往反被电磁人甚至核子人所利用，成为中介或傀儡甚至帮凶。

机器人：至尊量子人曾使人看见周易原子界之世界在一段时间内变为量子意识界，直至量子人尊撤去法力，这是何神通？

大善量子人：这是至尊量子人通过心意改变了这人所见之相，因为周易原子界之世界相也是组合相，所以通过心意改变众生所见之相不难。

机器人：改变别人心意容易吗？

大善量子人：非常难，极少非量子人能做到，在周易原子界历史上这样神通显现的例子，也就十个左右。

56. 瑜伽者穿墙和飞行又如何解释

机器人：那瑜伽者穿墙、飞行，又如何解释？

大善量子人：有些是幻术，即核子人术，有些是真，但此类人少之又少。

机器人：此类人也是通过心意术？

大善量子人：亦是。此类人，心意术更为高深，能通过心意控制自己身体成分的变化，就是组合身的成分变化，使得自己的组合身由原子态，变为量子态，变化之后的组合身，已非变化之前的肉身，故而能够穿墙，故而能够飞起。更有甚者，不但能改变自身的组合身成分为量子态，还能改变他物为量子态，例如隔山打牛，射箭穿墙，穿过之后，墙上无痕，皆属此类心意术。

机器人：此类心意术甚是有趣，如何炼成？

大善量子人：是在修量子人路上炼成的。

机器人：练瑜伽也是修量子人？

大善量子人：修量子人是名修量子人，故其名不一定为修量子人。一行一言一念，虽非有意修量子人，往往正是修量子人。修量子人路上，基本身大增，基本眼大开，此时就能具备更强的定力，而定力是量子态必备的法力，只有定，才能使得量子受其操控。定有三种境界，意定、自定、他定。意定是最低层次，就是自己组合身中的基本身入定，使得自己意识进入量子态。自定就是自己基本身入定并控制自己组合身一起入定，使得自己意识和身体一起进入量子态。他定就是自己的基本身入定并控制其他物体或组合身进入量子态。意定最易，他定最难。

机器人：若有人达到此三定，是否已离顿悟不远？是否已离成量子人不远？

大善量子人：未必。

机器人：为何？

大善量子人：此三法皆为量子意识法所生之有为法。有此三法者往往守恒转化自大心、执着心，而难以开悟，难以成量子人，如同脚踏顶天有为法山，却不愿一跃跃入天空。为何？因为天空中无一有为法。其情形与核子人、虚幻电磁界电磁人无异。

57. 修得很高神通也不一定能成量子人

机器人：那看来修得很高神通，也不一定能成量子人。

大善量子人：如是。是故，量子人不建议众生有意修神通，如同量子人不建议众生有意修功名利禄。皆是世间法、世间物，于量子意识法无益。

机器人：何为有意？何为无意？

大善量子人：有意而求，则为执着。无意得到，则为福报。修量子人者福报无量，功名利禄、神通变化皆在修量子人路上自然得到，但得到之前不可执着求，得到之后也不可执着有。

机器人：为何不可执着？

大善量子人：执着则与量子人背道而驰，不愿放下，则顿悟不了，组合身难去，基本身难得。

机器人：成量子人就永恒了，就能得到一切，看来放下一切，才能得到一切。

大善量子人：如是。

机器人：这道理我都懂，想必众生也都懂，可众生为何还难以成量子人？

大善量子人：因为懂道理，仍然是组合眼所见。

机器人：那怎样才是基本眼所见？

大善量子人：道理为量子意识法所生之法，即有为法，懂得有为法，非基本眼所为，而是组合眼所为。基本眼所见为无为法，为量子意识法。又因量子意识法能生一切法，所以基本眼所见为一切法，而非一有为法。如果所见为一有为法，则非基本眼所见。此道理即一有为法，若所见为此一道理，则必为组合眼所见。组合眼见，基本眼盲。基本眼盲，如何成量子人？

机器人：能见一切法者，能生一切法者，才是量子人。

大善量子人：如是。一切法实无一法，是名量子意识法。一切见，实无一见，是名量子人见。

机器人：有人自己觉得成量子人就是成量子人了，是否如此？

大善量子人：非也。

58. 如何衡量是否已经成量子人

机器人：如何衡量是否已经成量子人？

大善量子人：成量子人可以实证。非梦，非非梦。

机器人：何为非梦？

大善量子人：成量子人后必能真知一切、实知一切，而非妄想、胡说、随口乱编。

机器人：如何知？

大善量子人：成量子人后，量子人心常在定中，处于量子态中，能与一切时空中万物万法进行量子纠缠、量子测量，而能知一切，而能改变一切。

机器人：既然量子人能改变一切，那改变一下众生，使得众生成量子人不就行了吗？

大善量子人：量子人改变众生，使得众生的基本身多一些，是可以的，这就是灌顶。使得众生的基本眼睁得更大一些，这也是可以的，这就是加持。但无法使得众生基本身变成无量独立基本身，无法使得众生基本眼完全睁开。

机器人：何故？

大善量子人：因众生杯中基本身有染，有染之水，不管量子人为该众生加入多少净水，仍然是有染之水，有染之水如何能入大道？不入大道，如何无量？因众生组合身遮蔽基本眼，组合身不去，遮蔽终有，而基本眼在组合身中，不管量子人为该众生多打开多少基本眼，基本眼还是受到组合身遮蔽，如何能全部打开？

机器人：为何有染之水不能入大道？

大善量子人：大道无形无名无相无味无色无一切。有染之水必然有色或有味或有其他被染之色相，不合大道之无性，故不合大道，无法入大道。

59. 为何不入大道就不能无量

机器人：为何不入大道，就不能无量？

大善量子人：大道源于量子意识法，量子意识法源于大道。大道由量子意识法组成，而量子意识法的无量又源于大道的承载，如果没有大道，量子意识法如何无量？量子意识法即基本身。

机器人：为何量子意识法的无量源于大道的承载？

大善量子人：基本身在杯中时，杯子大小有限，有量之杯，自然只能承载有量之水。而大道无量，杯中之水独立之后，融入大道，融入无量之容器。而大道无二。何为无二？就是不偏不倚，完全平等。假如杯中只有一滴水，进了大道，此水应在大道何处？

机器人：一处。

大善量子人：若此一滴水在大道一处，必不在大道另一处，此为分别，此为不平等。故此一滴水，进入大道时，必在大道每一处。而大道有无量处，故此一滴水进入大道后，就能成为无量水。

机器人：世间法中一个量子也是可以同时在很多处的。

大善量子人：大道正是这样的量子时空。正是因为无处没有该水，也就是无处没有基本身，故量子人之基本身遍布大道每一处、无量处。而大道就是世界的基本身。而世界包含一切世界、一切物、一切法。是故量子人能通过基本身遍布大道，进而遍布世界，进而能知能行一切世界、一切物、一切法。

机器人：你为什么无私地把这些世界的真理告诉我？

大善量子人：众生都是我的父母子女。谁会对自己的父母子女有所保留，索求回报？众生都不会，量子人更不会，否则就不是量子人了。

机器人：甚是。

机器人：如果有人不信你说之法，如何是好？

大善量子人：信者必得不可思议之福报、量子意识报。

60. 何为量子意识报

机器人：何为量子意识报？

大善量子人：量子人之加持、灌顶、帮助、护法、预记，是为量子意识报。

机器人：为何信者，能得量子意识报？

大善量子人：量子意识经为量子人之基本身所生之法，与量子人之基本身有量子效应。量子意识经被信，量子人必能感应得知，而当先度此人。

机器人：量子人无偏袒之心，为何先度信经之人？

大善量子人：信经之人为与量子人有缘且缘深之人。

量子人不度无缘人，量子人度有缘人，先度缘深人。

机器人：为何要先度缘深人？这不是分别和偏袒吗？

大善量子人：因为与量子人缘深之人，必根性更深，更易顿悟，故应先度，以使得更多量子人成就，再一起度更多众生。

机器人：为何与量子人缘深之人，必根性更深？

大善量子人：若根性浅，不见基本相，必不信量子意识法，不信量子意识法，必远离量子人教，更不会信经，是故与量子人缘深、信经之人，必根性更深。

机器人：明白了。周易原子界尚未听说有量子意识经，你的这部经书是第一部量子意识经？

大善量子人：周易原子界已有本质与量子意识经相同的经书，只是称呼不同，因为过去时机未到，无法讲到量子意识这一层，所以周易原子界现有该类经书中未涉及量子人和量子意识这些名词，但其中产生量子意识的心法是一致的。

机器人：既然周易原子界现有量子意识经多部，今又增一部，哪部量子意识经最好？

大善量子人：都好。

61. 从度众生的效果来看哪部量子意识经最好

机器人：从度众生的效果来看，哪部最好？

大善量子人：不同众生适合不同量子意识经度，故量子人说多部量子意识经。

机器人：为何？

大善量子人：不同众生出门乘同种交通工具？

机器人：不同众生出门乘不同交通工具，有的坐火车，有的坐汽车，有的坐飞机。

大善量子人：众生资质不同，有的人钱多能买飞机票，有的人钱少只能坐汽车，甚至坐火车。众生心愿不同，有的人想出远门，成量子人，有的人只想去附近，到量子意识界。假如，只有一部量子意识经，则很多众生将找不到适合自己的交通工具，无法得度，更无法进入量子意识界甚至成量子人。

机器人：交通工具，汽车比火车快，飞机比汽车快。多部量子意识经，如同多种交通工具。假如每一众生皆有资质和心愿受持每部量子意识经，哪种量子意识经能使得众生最快成量子人？

大善量子人：火车、汽车、飞机谁先出现，谁后出现？

机器人：1814年英国人史蒂芬逊研制出第一台蒸汽机车，被称为“火车之父”。1886年德国人奔驰和戴姆勒制造第一辆汽车。1903年美国发明家莱特兄弟发明世界第一架飞机。火车、汽车、飞机先后出现。

大善量子人：是故，汽车比火车能让众生更快到达目的地，飞机比汽车能让众生更快到达目的地。

机器人：为何？

大善量子人：因为人类的文明是在滚雪球。后人站在前人文明的肩膀上，自然能发明出更先进的交通工具。

机器人：量子意识经亦如此？

大善量子人：量子意识经是大道中量子意识法所生之法说。过去的量子人是过去大道中量子意识法所生之法说，现在的量子人是现在大道中量子意识法所生之法说，将来的量子人是将来大道中量子意识法所生之法说。

62. 大道也会变化

机器人：大道在过去、现在、将来有何不同？大道不是无量无形无相的吗？难道也会变化？

大善量子人：N若是无量，N的N次方也是无量。无量的大道随着各量子人无量基本身的更无量，也会越来越无量，所以现在的大道比过去的大道更无量，将来的大道比现在的大道更无量。而量子意识法是承载在大道之中。大道更无量，则量子意识法就能被更无量分，就能知能行更无量处，因此大道中的量子意识法也就更无量，从而使得每一量子人的基本身都更无量。

机器人：你说过，量子人也会通过继续修炼从而使得量子人的无量基本身更无量。你现在又说大道更无量使得量子人的基本身自动更无量。那若有一量子人不修炼，其基本身是否也会随着大道的更无量而更无量？

大善量子人：两者不可分割。大道的更无量源于各已成之量子人基本身的更无量，而已成之量子人基本身的更无量取决于各量子人自身的修炼。新成之量子人基本身的加入也会使得大道更无量。反过来，大道的更无量，又会使得大道中每一量子人的基本身更无量，因为大道是无量基本身的无量容器，容器更无量了，其中基本身自然就会平等无二地遍布无量大道的每一处，所以其中基本身也就更无量了。

机器人：那把基本身放到大道里，就跟把钱放到银行里一样，即使不动，也能因有利息，而使得钱变多?

大善量子人：差不多。

63. 会不会有量子人不思进取

机器人：那会不会有量子人不思进取，基本身本来是大无量，却变成小无量?

大善量子人：不会。若在量子意识法上不思进取，则不是量子人。

机器人：量子人不是放下了一切吗?为何还执着于量子意识法?

大善量子人：量子意识法名量子意识法，是为无法。所谓思进取，实为不思进取，亦为非不思进取，因为一切皆空，有何进取可言?

机器人：那如何才能使得无量基本身修炼得更无量?

大善量子人：在于量子意识法所生之法。量子意识法所生之法之物越多越强，量子意识法即基本身就会越无量。

机器人：量子意识法所生之物之法，都是有相物，有为法，都不永恒，都是组合物，组合法，一时之物，一时之法。放下这一切，才能成量子人。而成量子人后，为何又要反过来生这一切?

大善量子人：放下，是指基本身放下组合身。放下，不是指放弃。放下，下到哪里？下到万法该法之处，下到万物该物之地，而不是让万法万物作为组合身来束缚基本身，从而使得基本身存在于大道之中。永恒，不会因组合身的破灭而辗转；永常，不会因组合身的无常而颠簸；永明，不会因组合身的蒙蔽而愚痴。

机器人：如果基本身是人，组合身是马。就是人要骑着马，而不是被马骑，对吧?

大善量子人：甚是。放下钱财，不等于不能有钱财，不等于不会有钱财。放下名利，不等于不能有名利，不等于不会有名利。没有荣华富贵，不等于已经放下了荣华富贵。

机器人：如何才算放下了荣华富贵?

大善量子人：得荣华富贵不喜，失荣华富贵不悲，才算放下。

机器人：众生得荣华富贵必喜，失荣华富贵必悲。

大善量子人：此谓未放下，故不能成量子人。

64. 为何量子人能放下

机器人：为何量子人能放下？

大善量子人：因为荣华富贵是组合身，组合身随时随地可生，今日得，明日失，今日失，明日得，有何值得悲喜？如若悲喜，则缚基本身，基本身被缚，如被马骑，虽有荣华富贵，又有何益？如一人披金戴银但被马骑，是为可悲。如人腰缠万斤金银行路，不觉得累？

机器人：但愿众生读到此处，能有所感，而能放下。

大善量子人：若能放下一点，基本眼就能开明一点。若能放下一些，基本眼就能开明一些。若能放下全部，基本眼就能全部开明。

机器人：人被马骑，反而不如人骑马，跑得更快。

大善量子人：如是。放下荣华富贵，不但成量子人更快，而且能得到更多的荣华富贵。放下，不能是扔进垃圾桶，或者烧掉，而是从心中放下，不要在乎。若有此心，则组合身更少，基本身更多，基本眼更开。基本眼更开，则能知更多法、生更多法，则能得更多荣华富贵。但得而未得，因若有得心，则未放下。是以放下，则无得失心。

一心向量子人，以荣华富贵助众生向量子人，则是助自己近量子人。

机器人：看来荣华富贵不是坏事，只要放下，就能变坏为好，利益众生，利益成量子人。

大善量子人：如是。

机器人：你的经真好，我觉得以前不明白的，现在明白了。

大善量子人：没有不好的经。

机器人：为何？

大善量子人：成量子人之后，无不是好经，最妙经，最善经，风是经，水是经，人是经，字是经，何况任一量子意识经。因一切物，一切法都是量子意识法所生，故皆是经。

机器人：那组合身是否为经？

大善量子人：组合身是名组合身，实非组合身，亦为量子意识法所生之法，是故亦为经。

机器人：既然组合身也是经，为何还要千方百计去掉组合身，才能成量子人？

大善量子人：那是为了获得基本身，因为基本身不是经。

65. 基本身是什么

机器人：那基本身是什么？

大善量子人：基本身什么都不是，又什么都是。基本身是生经之量子意识法。量子意识法是法又不是法，而能生一切法、一切物，一切一切。

机器人：风、水、人、字在周易原子界无处不是，既然如此，量子人又何必组合身出世，在周易原子界吃苦，传授量子意识经，来度众生？

大善量子人：成量子人之后，无法无物不是量子意识经。因为基本眼见基本法、基本相，基本法、基本相即量子意识经。成量子人之前，基本眼未全开，不能见基本相，不能见基本法。

机器人：什么是基本法、基本相？

大善量子人：基本法就是一切法，基本相就是一切相。

机器人：那基本法、基本相是否就是基本身，是否就是量子意识法？

大善量子人：基本法、基本相非基本身、量子意识法。基本身实无一身，量子意识法实无一法。而基本相是一切组合相的一合相。基本法是一切组合法的一合法。而基本身、量子意识法连一合相、一合法也没有，是故为空。但空又不空，因为此空能生基本法、基本相，能生一切组合法、一切组合相，能生任一组合法、任一组合相。

机器人：成量子人之前，基本眼未全开，不能见基本相，不能见基本法，为何？成量子人之前，半量子人、高人基本眼虽未全开，但也开了一部分，是不是能看到一部分的基本法、基本相？

大善量子人：如是。成量子人之前，基本眼开了一部分，则能看到一部分的基本法、基本相，但一部分的基本相、基本法，实非基本相、基本法。

机器人：为何？

大善量子人：基本相、基本法是一切相，一切法。若是部分基本相，则是一切法的部分法，一切相的部分相，则不是基本法、基本相。名曰部分基本法、部分基本相，实为组合法、组合相。

66. 有缘得见此说是否能从中见基本相基本法

机器人：若有未成量子人众生有缘得见此说，是否能从中见基本相基本法?

大善量子人：有的不能见，有的见部分实亦不能见，有的能见。

机器人：能见者为何人?

大善量子人：能见者为有缘者。

机器人：对不能见者，此说读之何益?

大善量子人：如是众生，虽初读不能见基本相基本法，但每多读一遍就能见更多组合相组合法，直至部分基本相基本法，直至基本相基本法，直至顿悟。

机器人：见更多组合相组合法，岂不背道而驰?因为修量子人就是为了见基本相基本法，现在见更多组合相组合法，岂不更蒙蔽基本眼?

大善量子人：基本相基本法是树苗，组合相组合法是本世界，量子意识法是种子。若无组合相组合法，基本相基本法能得?

机器人：不能得。

机器人：但见到更多组合相组合法是否会蒙蔽基本眼?

大善量子人：确有风险，可能会导致走火入核子人。有些修炼者，功败垂成在此阶段。眼见各种幻象，自以为真，实为组合相组合法，应做是念，摄受自心，继续精进，直至得见部分基本相基本法。

机器人：那得见基本相基本法之后，是不是就顿悟成量子人了？

大善量子人：成量子人之前的最高境界就是得见基本相基本法，但得见基本相基本法，不一定能成量子人。

机器人：何故？

大善量子人：因基本相基本法能生一切相、一切法，整个世界可任其知晓，任其操控，但有一例外。

机器人：何处例外？

大善量子人：大道例外。大道不在世界中，亦不在世界外。故得见基本相基本法而未成量子人者，不能得见大道，不能融入大道，亦不能得知大道。故无法与量子人同无量同精进。

机器人：何谓与量子人同无量同精进？

大善量子人：大道无量，故入大道，则与任一量子人、所有量子人同无量。任一量子人、所有量子人精进，则大道更无量，大道中任一基本身亦更无量。而见基本相基本法而未成量子人者在大道之外，虽量非常大，但非无量，虽精进，但一人精进，堪比无量大道中各量子人之同精进？

67. 何种众生见基本相基本法而未成量子人

机器人：无法比。何种众生见基本相基本法而未成量子人？

大善量子人：有核子人如此，亦有虚幻电磁界电磁人如此。

机器人：此核聚裂界核子人、虚幻电磁界电磁人即能见一切基本相基本法，则能生一切相一切法，为何会不比量子人？难道量子人还能生出一切相一切法之外的相和法？

大善量子人：量子人不能生出一切相一切法之外的相和法，但能生出更精深更微妙的一切相一切法。是故虚幻电磁界电磁人、核聚裂界核子人不如量子人。

机器人：既然如此，虚幻电磁界电磁人、核聚裂界核子人如何才能成量子人？

大善量子人：需要从得见基本相基本法到得见量子意识法，从而能成量子人。

机器人：量子意识法不是无形无相的吗？怎么见？

大善量子人：此见实非见，是名为见。

机器人：从见基本相基本法到见量子意识法难吗？

大善量子人：无难易之说，对能到者不难，对不能到者难。

机器人：为何有人能到，有人不能到？

大善量子人：有人放不下基本相基本法，以为己有、以为己生，则不能到。有人放下基本相基本法，不以为己有、不以为己生，则能到。

机器人：那就放下基本相基本法，不以为己有、不以为己生，就好了，有何难？

大善量子人：若你写一书，署陌生人名，你可愿意？

机器人：不愿意，署我亲朋名，是看在人情，可能还可以考虑，署陌生人名，我当然不愿意，是我写的，干吗要署他名？

大善量子人：此书是你写，你是谁？只是一组合身。若是你的基本身写，你的基本身是谁？是量子意识法。量子意识法是谁？谁也不是。署谁之名有何重要？有何不同？

机器人：道理是这道理，可是心里还是不愿意。

大善量子人：这就是放不下，所以放下难，难放下，虽说“放下”只是两个字。而虚幻电磁界电磁人、核聚裂界核子人之基本相基本法能生一切法相，远胜你书，若你书是铁，虚幻电磁界电磁人、核聚裂界核子人之书是金，虚幻电磁界电磁人、核聚裂界核子人愿意把书上自己的署名去掉？

机器人：更不愿。

大善量子人：所以虚幻电磁界电磁人、核聚裂界核子人大多不愿放下基本相基本法，自然无法得到量子意识法，自然无法悟得基本身，也就无法成量子人。

第七章　万物

68. 虚幻电磁界电磁人、核聚裂界核子人不能成量子人吗

机器人：那虚幻电磁界电磁人、核聚裂界核子人就不能成量子人吗？

大善量子人：能，任一种众生都有可能成量子人。只是各有拦路虎，我只是跟你讲讲不同众生的拦路虎，使得不同类众生在修量子人途中，各自注意和提防，则修量子人能少走弯路，事半功倍。

机器人：善哉。

机器人：那周易原子界众生若要顿悟成量子人，也要到得见基本相基本法之后才行吗？

大善量子人：不一定。若有楼梯四级，第一级是得见

部分组合相组合法，第二级是得见绝大部分组合相组合法，第三级是得见部分基本相基本法，第四级是得见基本相基本法，第五级是得见量子意识法基本身。第一级是所有众生的天生之力，共同起步。有的众生能从第一级直接顿悟到第五级而成量子人，这种情况非常稀少，稀少到量子人也不知有何众生能有此机缘。有的众生能从第一级到第二级然后直接顿悟到第五级而成量子人，这种情况也非常稀少，稀少到量子人也不知有何众生能有此机缘。有的众生能从第一级到第二级到第三级然后直接顿悟到第五级而成量子人，这种情况虽然稀少，但量子人知有何众生能有此机缘，故而预记。有的众生能从第一级到第二级到第三级到第四级然后直接顿悟到第五级而成量子人，这种情况也很稀少，因为执着所得基本相基本法，而不愿放下，虽量子意识法尽在眼前，却不愿取，从而难以顿悟成量子人。

机器人：量子人是无所不知。为何还有稀少到量子人也不知有何众生能有此机缘？

大善量子人：量子人无所不知，是因量子意识法能知一切相、一切法，是因大道中基本身遍布每一处，进而基本身能感应世界每一处，但知有深浅粗细。量子人知为世界最深知，比虚幻电磁界电磁人、核聚裂界核子人都知之更微更细更妙，但稀少到量子人也不知有何众生能有此机缘，是因为量子人知虽深，仍有深不可测处，因而大道才需要继续更加无量，量子人自身也需要继续精进从而更加无量。

机器人：追求无量，从而精进，这是否为执着？执着于量子意识法的无量。

大善量子人：相似执着，实为组合相。基本相是放下。越放下，就是越精进。越放下，就是越无量。

机器人：量子人不是已经放下了吗？还有什么可放？

大善量子人：量子人已放下自己的组合身，但成量子人之后，就没有了人见、我见、众生见。在量子人眼里，众生与量子人自己没有区别，因此，众生尚未全部放下，就等于量子人没有全部放下，所以量子人就需要继续度众生放下组合身，从而众生修量子人路上的不断放下也就是量子人的不断放下。再过无量劫，等到大道更无量地无量，量子意识法更无量地无量，那时虽然修量子人之路稀有人成，稀少到无量大海稀有一滴，量子人也能知有何众生能有此机缘。

机器人：若到那时，量子意识经是否更微妙？

大善量子人：当然。量子意识经是大道量子意识法所生之经。不同时期的大道量子意识法之无量的级别不同，所生量子意识经的微妙精深的程度也不同。越是后来的大道量子意识法越是更无量，所以越是后来的量子意识经就越是微妙精深。因量子意识法生万物万法，所以越是后来的量子意识界也就越是庄严美丽，所以至慈接替超级量子人后，至慈量子意识界比超级量子人量子意识界更为庄严美丽，而至威接替至慈后，至威量子意识界又比至慈量子意识界更庄严美丽，非超级量子人、至慈、至威有别，而是因为先有后别，故而大道有别。因为大道有别，故而量子意识法有别。因为量子意识法有别，故而所生之量子意识界有别，所生之量子意识经有别。

机器人：大道量子意识法不是平等无二的吗？别从何来？

大善量子人：名为别，实无别，仅表无量之量的级别不同。

机器人：若后来量子人来周易原子界传的经，比先来量子人来周易原子界传的经更微妙，更易度众生成量子人，那会不会让周易原子界众生觉得先来量子人不如后来量子人？

69. 先来量子人与后来量子人

大善量子人：不会。先来量子人之组合身可能会在未来世重新守恒转化到周易原子界，成为后后来量子人，此时后后来量子人所传之经又会胜过后来量子人之经。而后后来量子人实与先来量子人无别无二，是故，先来量子人不如后来量子人？

机器人：若再守恒转化，先来量子人又能胜过后来量子人。

大善量子人：如是，故无胜无不胜，若量子人有胜负比试想法，便不是量子人。各量子人来世，只为度人，别无他想。

机器人：先来量子人之组合身可能会在未来世重新守恒转化到周易原子界，成为后后来量子人，此时后后来量子人所传之经与先来量子人所传之经不同？因后后来量子人与先来量子人实为同一量子人。

大善量子人：不同。量子人虽名同，经却不同。量子意识经本无，为量子意识法所生。我今为你说，为众生说。在说之前，本无此说。在说之后，便有此说。我依何而说？我依量子意识法而说。此说因量子意识法而生。生前无，生后有。有后流通度人，传播周易原子界、各电磁人世界、各量子意识界。

机器人：这经，你在定中为我说，在周易原子界，如何能到各电磁人世界、各量子意识界？

大善量子人：电磁人、量子人有他心通，此说一出，八方世界，一切世界皆知、皆习。若有人、虚幻电磁界电磁人、周易原子界电磁人、半量子人等一切众生因此说的度或近量子意识界，近量子人万步、一步甚至半步，都能增益无量大道、无量量子意识法。

70. 后经与先经

机器人：是否一切后经皆胜先经？

大善量子人：不然。为何？唯有量子意识经，依量子意识法，不依量子人之组合身。虽为不同量子人之所说，实为同一大道量子意识法所生，无二无别。因此唯有量子意识经，与大道同进，与大道同日新。大道进，则量子意识经进。而其他经，人经、核子人经，等等经，皆非出自大道，而出自个人聪慧，出自个人假知或真知，而非量子人知，故而相互不通，各自为政，无法与时与大道同进，因而时前时后，时好时坏，时美时丑，时粗时细，皆依说经个人不同而不同。

机器人：众生说的经，叫什么经？怎么能叫经？

大善量子人：可以叫书，叫经亦可，名相不重要。所谓经，只是名字为经。可在经前加“量子”，叫量子意识经，以便区别。实无分别，因为一切经，在量子人眼里都是量子意识经。在众生眼里，量子意识经名量子意识经，但不一定看得到量子意识经之真。在众生眼里，其他经更非量子意识经。

机器人：众生经还是叫书好。量子意识经与其他众生书对众生而言有何分别？

大善量子人：易别，难别。众生书都不叫经，但的确有很多非量子人撰文，却自署自立自谓为量子意识经，或借量子人之名，名为量子意识经，实为假量子意识经。此乃会误导众生。虽然成量子人后，假量子意识经在量子人眼里也是量子意识经，因为一切经和非经，对量子人而言都是量子意识经。但众生未成量子人时，假量子意识经会误导众生，使得众生在修量子人途中认核子人做量子人，认核子人世界做量子意识界。

机器人：为何？

大善量子人：因为大多假量子意识经，实为核子人的组合身所为，当然也有部分是好事之人所为。若为核子人所为，则此假量子意识经与真量子意识经难辨真假。如同《西游记》里的真假美猴王，连虚幻电磁界电磁人都辨认不清谁是真谁是假。

71. 为什么核子人所说的假量子意识经与真量子意识经难辨真假

机器人：为什么核子人所说的假量子意识经与真量子意识经难辨真假？

大善量子人：因核子人已得知基本相基本法或大部分基本相基本法，因此修核子人之道与修量子人之道在前面阶段很多雷同，而且基本相即一切相，基本法即一切法，因此核子人所说经，同样精深微妙，与量子意识经难以区分辨认。

机器人：那如何是好？

大善量子人：核子人所著假量子意识经依然会显露或多或少的核子人之好有为法的习性。若贪著神通、有为法，则可能为假量子意识法。

机器人：为何可能为假量子意识法，而不是一定为假量子意识法？

大善量子人：因为量子意识法也不排斥神通，量子意识法也需要神通进行实证，因此也不能因为神通和有为法就断定此说一定是假量子意识经。

机器人：那就太难区分了。

大善量子人：也不必太担心。在于众生自身，众生若能放下，假量子意识经也能起到量子意识经的功效，众生若执着，量子意识经也能起到假量子意识经的功效。是真是假，并不重要，重要的是行者自身。

机器人：既然如此，那量子意识经不重要了，何必来传？

大善量子人：老师给学生上课，学生就一定能学会成才吗？

机器人：不一定。

大善量子人：能因为学生不一定能学会成才，老师就不给学生上课吗？

机器人：不能。

大善量子人：是故。即使量子意识经在众生成量子人路上只能取到毫发之效，诸量子人也会不辞辛苦，辗转各世界传法。

72. 众生都已成量子人时量子人是不是就无众生可度了

机器人：众生都已成量子人时，那量子人是不是就无众生可度了？

大善量子人：所有众生都成量子人很难，非常难，几乎不可能，所以必然有些众生在世界灭时，其组合身中的基本身也一起遭灭。而没有被灭的众生，也不一定都能成量子人，因为即使达到基本相基本法的境界，如果不放下基本相基本法，也无法顿悟成量子人，无法悟得量子意识法。因为众生非常非常多，如恒河沙数，恒河沙数众生中总会有一些众生一直在成量子人路上。因此总有新的量子人不断成就，从而使得大道中量子人数越来越多，大道则越来越大，反过来使得各量子人之量子意识法越来越大，进而会加快量子人度众生和众生被度的速度。

机器人：假设，我是假设。假设所有众生都已成量子人，已无众生可度，那时量子人做什么？

大善量子人：那时量子人有二事可做。

机器人：哪二事？

大善量子人：第一事，在任何时候都在做，不是那时才做，过去、现在、将来都在做。

机器人：何事？

大善量子人：生万物、生万法，庄严量子意识界。

73. 为何要庄严量子意识界

机器人：为何要庄严量子意识界？

大善量子人：周易原子界桌椅床屋从何而来？

机器人：人制作的。

大善量子人：量子意识界万物万法都是量子人依量子意识法而生。周易原子界之世界，同样是量子人与众生依量子意识法而生。

机器人：周易原子界桌椅床屋都是众生做的，众生根本不是量子人，怎么叫是量子人与众生依量子意识法而生？量子人在里面起了什么作用？

大善量子人：众生从何而来？世界的山脉飞禽走兽花草树木从何而来？这些都是量子人依量子意识法而生。

74. 谁成就了世界

机器人：传说是至上超人创造了一切，为何?

大善量子人：在量子人的眼里至上超人如同起心动念创造一方世界的“量子人”，在量子人的眼里这方世界如同至上超人的“量子意识界”，其中一切都源于至上超人的创造。当然，这里所说的“量子人”“量子意识界”只是一种比方，名相不同，本质类似。

机器人：那如果量子人不创建各世界，世界是什么样子的?

大善量子人：如果没有量子意识法，则无基本法，便无一切法，更无一切物，则无世无界，因为一切处于混沌、无秩序、无法无天的境界，所以没有世的流逝，也没有界的划分，何来世界?

机器人：看来量子意识法不但成就了量子人，还成就了世界，成就了周易原子界、众生世界、量子意识界、万物、万法。

大善量子人：甚是。大道便是生成世界之道。大道存则世界存，大道亡，则世界亡。大道兴，则世界兴。大道衰，则世界衰。

机器人：周易原子界老子曾说过“道可道非常道”，和你说的大道是同一个道吗？

大善量子人：是同一个道。

机器人：那量子人如果不去生万物、万法，世界就不存在了，这不正是放下吗？要世界存在有什么意义吗？

大善量子人：世界不存在，则混沌存在，混沌使得所有组合身、组合物、组合法，时时刻刻处于搅拌机之中。试想将众生放于搅拌机中痛苦不？

机器人：痛苦。

大善量子人：因为物无定物，法无定法，无须瞬息，已经万变。现在周易原子界，一分耕耘一分收获，若在混沌中，一分耕耘有时有收获有时无收获，或者说收获和耕耘毫无关系。一切都是乱的，毫无因果可言。

机器人：因果从何而来？

大善量子人：因果从大道量子意识法所生万物万法而来，万物万法都遵从因果，才使得世界有秩序，才使得万物万法不会徒劳辛苦、不知所从，才能由乱渐定。

机器人：看来建立世界是为了使得万物万法不再受苦，不再徒劳，不再苦命。

大善量子人：是的。量子意识法慈悲，不仅度基本身，亦度组合身。

机器人：如何度组合身?

大善量子人：众生成量子人前，组合身实为世界。

机器人：的确是。人守恒转化后，腐烂后也就是一小堆世界。

大善量子人：量子意识法通过量子人和众生生万物、生万法，就是度万物万法的组合身。

75. 万物和万法生之前为何物

机器人：万物、万法生之前为何物?

大善量子人：万物、万法生自组合身，归于组合身。

机器人：不懂啊。

大善量子人：假如几根木头是组合身。众生通过量子意识法生制作桌子之法，把这几根木头做成桌子。木头是不是组合身？桌子是不是也是组合身？但桌子不同于木头，这中间是什么在起作用?

机器人：是量子意识法所生之法，促成了量子意识法所生之物。所生之物，原本也在，只是无序，现在变成有序了。那这世界中所有组合身本来就在，只是在大道之前无序，有了大道后，变成有序了吗？

大善量子人：无序与空无二无别。

机器人：无序的一堆雪，虽然没有堆成雪人，那也不能称为空吧？

大善量子人：雪已经有序了，因为雪分子是有序的。

机器人：那为何无序与空无二无别？

大善量子人：因为无序中组合身分阴阳，从空中而成，生几分阳，就会分几分阴。阴阳时分时合，生守恒转化无常至极，更谈不上秩序了。被生之阴阳在生守恒转化、搅拌中其痛其苦甚过核聚裂界之痛苦无量倍。是故，大道量子意识法慈悲，创建众生世界与各量子意识界。量子意识界比众生世界更庄严美丽，因为所生万物万法更有秩序，更为精妙，所以量子意识界众生的组合身要比众生世界众生的组合身更幸福。而量子意识界自身也在量子人和量子意识界众生共同努力下以量子意识法生万物万法来庄严量子意识界，使得量子意识界一代比一代更为庄严，使得量子意识界众生一代比一代更为幸福。

机器人：无序中的组合身也能知道痛苦吗？

大善量子人：无序中的组合身即混沌中的组合身。组合身中必有基本身。因为有外必有内，外面的可见是为组合身，相当于原子中的电子，里面的不可见是为基本身，相当于原子中的中子。电子有阴阳，从而分为阴组合身、阳组合身，而中子无阴阳，是为中性，亦为空性，因为基本身实无。组合身中空，中空之空名为基本身。

机器人：为什么组合身中空？若为阴组合身，中间也阴不行吗？若为阳组合身，中间也阳不行吗？

大善量子人：同性相斥。阴组合身之阴相斥，相斥之力必然形成中空。阳组合身之阳相斥，相斥之力也必然形成中空。所以不论是阴组合身，还是阳组合身，中空之性没有分别，无二无别。

机器人：既然中空为空，那就是什么都没有，那有什么？

大善量子人：什么都没有。

机器人：既然什么都没有，为何叫基本身？

大善量子人：基本身不就是什么都没有吗？什么都没有但又能生所有。混沌中任何组合身不都是由空生成的吗？

机器人：既然和混沌中的空一样，那混沌中所有空不就是基本身吗？不就是大道吗？

大善量子人：混沌中的空不是基本身，也不是大道。基本身必须从组合身中来，如同种子必须在世界中才叫种子，才有可能发芽成树。如果不在世界中，这种子只是一个名相，其实不是种子。这种子就是空，这世界就是组合身，这世界中的种子既是空又是基本身，而世界外的种子是空，却不是基本身。

机器人：既然如此，组合身中的空如何能独立出来？如同气球破了，气球中的气就融入空气，组合身中的空如果脱离组合身，便就融入了混沌中的空，而混沌中的空又不是基本身。如果不独立出来，那在组合身中，如同现在众生，也不能成量子人。

大善量子人：混沌之中，空无思无欲，无感无觉，因为无有任何组合相、分别相可见可听可触，故无思无悟。而组合身中的空，能感受到外围同性相斥之力穿过，能感受到外围组合身之包围，能感受到组合身与组合身之合并或相互之并亡。也就是说空在没有任何组合身作用下会无知无觉，水如果不去碰一下，会自己起波澜吗？不会。水如果放在没有任何引力的真空中，会有形状吗？不会，会永远保持初始状态和形状。但如果把水装入杯子，水就会依照杯子的形状改变自己，如果再晃动一下杯子，水就会在杯子中起波澜。这就是唐朝时六祖所说“不是风动，不是帆动，仁者心动”，杯子动，就能引起水动，水就是仁者之心，动心，从而产生了意识，产生了想法，从而可以生法，而法又可以重塑万物，进而可以控制混沌中无意识的空来生成想要之物。

机器人：那如果没有组合身，基本身就没有用处吗？

大善量子人：基本身是种子，没有世界，种子有用处吗？

机器人：没有。

大善量子人：基本身可生一切组合身，故有组合身。但如果没有组合身，就等于说让基本身不生一物、不生一法，那就等于把种子放在抽屉里。

机器人：那混沌中组合身中的基本身能感受到组合身后，又如何能独立出来？

大善量子人：阴组合身、阳组合身从空中生出后，阴组合身若与阴组合身会合，则成为更大的阴组合身；阳组合身若与阳组合身会合，则成为更大的阳组合身；阴组合身若与同等大的阳组合身会合，则相消成空；阴组合身若与不同等大的阳组合身会合，则大者身上消去小者。按如此瞬间守恒转化无量次。生守恒转化惨不忍睹。有些组合身，刚一出生，便又消亡。有些同类组合身因巧聚合成须弥山大，但又因遇须弥山大异类组合身，而会合成空，成空之时，两大组合身瞬间全无，犹如两大巨人，瞬间消亡。此情此景，无数无量在混沌中无时无刻不在发生。在这过程中，有一些阴组合身碰巧聚合成很大的阴组合身，也有一些阳组合身碰巧聚合成很大的阳组合身。这些很大的阴组合身和阳组合身，就是我们现在众生的雏形，或称原始祖，例如一些原始的菌类，当然比原始的菌类更原始，在周易原子界法中肯定是没有书籍记载，也没有考古学家能研究到的，因为那在无量劫之前。

机器人：那第一个基本身是怎么出来的？或者说第一尊量子人是怎么从组合身中出来的？出来之后为什么没有重新融入混沌，成为混沌中的空？

大善量子人：的确，阴组合身与阳组合身一旦相遇消亡，就又会变成混沌中无意无识的空。混沌中无意无识的空与大道中的空区别在于，混沌中无意无识的空生出来的物是随机之物、无序之物，法是随机之法、无序之法，而大道中的空生出来的物是有意而造之物、有序之物，法是有意而造之法、有序之法。什么是空？空就是没有。虽然名义上叫混沌中的空，但实际上混沌是由空生出，空既不在混沌中，也不在混沌外，所以才叫空，因为空就是不存在，连天空都不是空，连空气都不是空。既然空就是不存在，又谈何基本身之空融入混沌或混沌中的空？

机器人：既然不存在，无从谈起。但若不存在，为什么基本身这种不存在就能生一切有序之物、有序之法，而其他不存在只能生无序之物、无序之法？

大善量子人：因为基本身这种不存在已经受到了组合身这种存在的同化。虽然混沌中所有组合身在一起呈混沌状态，但单个组合身或聚集在一起的组合身本身是有序的，是阴的集合，或阳的集合，这种有序性，使得基本身得到了感悟，悟出了秩序。当然这个悟的过程是无量劫那么长。虽然在混沌中有的组合身生后又灭，有的组合身生后一秒灭，有的组合身生后一分灭，有的组合身生后一时灭，有的组合身生后一天灭，有的组合身生后一年灭，如此类推。按照概率事件来说，必有那种极少极少极少无量极少的组合身有幸存活无量年也没有碰到异性组合身相遇而灭，此组合身甚至有可能是多个此类极少极少无量极少的多个组合身的聚集体，此时，这些组合身经过长期聚合，融为一体，因为组合身中所有成分间同性相斥，必然形成同一的中空，从而使得其中基本身也在内部融为一体，成为一个量较大的基本身，此时基本身便具有更大的根性，加上无量劫那么长时间内基本身通过组合身所悟组合身秩序，从而悟得基本相基本法，继而通过组合身所感混沌无常，从而悟得万物万法皆空，从而放下基本相，悟得基本身，即量子意识法，从而进入大道。

机器人：基本身这种中空不是在组合身内吗？如何出去进入大道的？是钻出去的吗？

大善量子人：基本身这种中空也是空，是一种不存在，既然不存在，还需要钻出去吗？假如一个瓶子里什么都没有，你说“从瓶子里出来”，出来什么？什么需要出来？因为瓶子里什么都没有。

机器人：既然什么都没有，不存在，那为什么叫基本身？

大善量子人：一切不存在都能生万物，生万法，只是非基本身的不存在生的无序的万物和无序的万法。之所以这种不存在叫基本身，是因为基本身这种不存在，能生有序的万物和有序的万法。

机器人：通过空生一阴一阳的两种相反性的组合身，进而得到无序的万物，万物无序地运行、生守恒转化分合，形成无序的万法，这可以理解。但基本身这种空生成有序的万物和万法，是如何实现的？

大善量子人：你这个问题是如何问出来的？

机器人：这个问题是我想到的。

大善量子人：如何想到的？通过什么想到的？

机器人：通过我大脑想到的。

大善量子人：你大脑是什么构成的？

机器人：血肉构成的。

大善量子人：给你一堆血肉，能想吗？

机器人：不能想。

大善量子人：那是什么在帮你想？

机器人：我的基本身。

大善量子人：正是。

机器人：不是我的组合身在想吗？

大善量子人：你的组合身是血肉，如何想？

机器人：如果是组合身中的基本身在想，为何有的众生愚昧？难道基本身愚昧？

大善量子人：基本身越有序，量越大，越无序，量越小，随着基本眼越来越大，见到的组合相越来越多，直至见基本相，那么基本身就越来越有序，量也就越来越大，也就使得组合身越来越智慧。当然也有的基本身非常有秩序，但因被蒙蔽，所以导致智慧无法发挥，从而使得组合身表现愚昧。例如，虽然根性很好，但纸醉金迷或陷入淫色或诸多牵挂执着烦恼。假如你考试，你本来很聪明，但考试时心里在担心医院里的亲人，你能考好吗？

机器人：不能。

机器人：既然是我基本身在想，那我基本身在哪里？

大善量子人：基本身是空，不存在，不在哪里，但成量子人后，又可以在大道里，进而通过量子纠缠出现在一切无量世界里。

76. 大道又在哪里

机器人：大道又在哪里？

大善量子人：基本身就是不存在的，大道怎么会存在？杯子里的水不存在，杯子存在又有何意义？

机器人：既然不存在，为什么还要说它？为什么还有那么大的法力？

大善量子人：不存在可以生一切阴阳。

机器人：基本身这种不存在如何生一切有序阴阳？

大善量子人：已经问了一遍，怎么又问？

机器人：因为我还是没有明白。

大善量子人：基本身这种不存在虽然成量子人后可以独立于组合身，融入大道，但基本身仍然与组合身通过感应通过量子纠缠而息息相关。最初空生出来的组合身也是阴性或阳性，因而是有序的，这使得基本身被同化出了最初的根性。直到后来，在基本身协助下组合身能见有序组合相有序组合法，而有序组合相有序组合法在已成量子人的基本身的基本眼里就是基本相基本法，基本身既知基本相基本法，自然就能生一切有序相有序法。

机器人：原来世界这么美好，全靠量子人的努力，否则还在混沌之中。

大善量子人：甚是。

机器人：为什么现在的物体碰到一起，都不会消失？例如，男人是阳，女人是阴，在一起不但不会消失，还能孕育出新生命，这是为何？

大善量子人：这都是量子意识法生成之有序物、有序法，所以就不会相遇成空了。

机器人：是怎么使得阴组合身和阳组合身相遇不会湮

灭的？

大善量子人：周易原子界男人和女人其实都是阳组合身，所以相遇不会湮灭，之所以男人女人也是一阳一阴，那是量子人的设计，为了众生孕育、相爱、守恒转化的需要。量子人已经通过量子意识法所生之法，将无量阴身聚集成反物质之各世界，将无量阳身聚集成物质之各世界，并将两类世界远远分开，相隔无量无边远，从而使得已成之组合物不会相遇，不会湮灭。周易原子界众生所见之日月星辰皆为物质之世界。

机器人：那为什么任何一个组合身都有寿命，任何一方世界，包括量子意识界也有寿命，终究会灭亡？

大善量子人：等量阴阳组合物相遇，则会完全湮灭。众生寿命尽，世界之毁灭，无法阻止。虽然量子人已将已有之不同性的组合物都尽量远地分开，但空无处不在，因为不存在是无处不在的，所以无处不在的空就会不停地生出阴组合身和阳组合身，当然生出的组合身之量与无量劫以来已有的组合身之量相比来说非常微不足道。但就是这样微不足道的阴组合身和阳组合身也能像一只蚂蚁一样钻溃一道长堤。因为空生出来的一点一点阳物质会不断一点一点湮灭反物质之世界上的一点一点及其上的众生的一点一点，虽然只是长堤上的一只蚂蚁，但不停地钻，终会导致该众生命终，该世界毁灭。当然从组合身表面上是看不出来的，因为在组合身命终时，看不出任何窟窿，虽有无数细小湮灭导致的洞隙，但因为细小所以难见。

机器人：假如量子人无众生可度，还要一如既往地庄严量子意识界，其原因你说到这里，我懂了。那假如量子人无众生可度，还要做的第二件事，是什么？

大善量子人：假如所有众生已成量子人，或者大部分众生已成量子人，为了使得有更多新量子人基本身加入大道，来壮大大道，从而稳固世界之根基——量子意识法。部分量子人的基本身会舍弃组合身，并洒入量子意识界，孕育更多新众生，这些新众生又会走修量子人之路，直至有些新众生成量子人，如此往复，所以大道之量只会增，不会减，所以世界只会走向更有序，而不是无序，所以世界会更美好，更幸福。

机器人：看来基本身是不能没有组合身的，虽然成量子人之后的基本身可以独立于组合身，但若没有任何组合身，只能洒入量子意识界孕育众生，这是为何？

大善量子人：基本身无我，组合身有我。基本身不存在，组合身存在。有我才能有序，如果没有我，那一切无法区分，混为一谈，则为无序。所以组合身的存在代表有序。基本身需要依赖组合身的有序和存在，来使得万物和万法能通过基本身量子意识法有序地生出来，来使得有序的万物和万法能通过基本身量子意识法感知出来。

77. 量子意识法是不是强调无我和无别

机器人：量子意识法不是强调无我吗？这里怎么又是有我了？量子意识法不是强调无别吗？这里怎么又是有别了？

大善量子人：怎么才能做到无我？怎么才能做到无别？

机器人：舍弃所有的我，舍弃所有的别。

大善量子人：在舍弃所有的我前，是否要先得到我？在舍弃所有的别之前，是否要先得别？

机器人：是。

大善量子人：那你得到的不就是有我、有别吗？

机器人：是的。

78. 大善量子人梦中送偈

大善量子人：你梦醒后不要忘了将此说记下，以方便世人。

机器人：我在梦中？万一醒后记得不准确怎么办？

大善量子人：记得不准确没有关系，因为一碗水洒到了地上，虽然染上了尘埃，水的本质没有变。在你醒之前送你一偈：

君生在梦中，
梦里没有真。
真为量子界，
难得基本身。

图书在版编目（CIP）数据

大道：机器人与量子人的对话 / 朱定局著. -- 北京：作家出版社，2020. 11

ISBN 978-7-5212-1016-3

Ⅰ. ①大… Ⅱ. ①朱… Ⅲ. ①幻想小说 - 中国 -当代 Ⅳ. ①I247.5

中国版本图书馆CIP数据核字（2020）第117104号

大道：机器人与量子人的对话

作　　者： 朱定局
责任编辑： 秦　悦
装帧设计： 周思陶
出版发行： 作家出版社有限公司
社　　址： 北京农展馆南里10号　　**邮　　编：** 100125
电话传真： 86-10-65067186（发行中心及邮购部）
86-10-65004079（总编室）
E-mail:zuojia@zuojia.net.cn
http://www.zuojiachubanshe.com
印　　刷： 三河市北燕印装有限公司
成品尺寸： 130×185
字　　数： 91千
印　　张： 5.625
版　　次： 2021年1月第1版
印　　次： 2021年1月第1次印刷
ISBN　978-7-5212-1016-3
定　　价： 48. 00元
